U0109520

古典詩歌研究彙刊

第二六輯

龔鵬程 主編

第 2 冊

李白宣州詩研究

李易臻 著

國家圖書館出版品預行編目資料

李白宣州詩研究／李易臻 著 — 初版 — 新北市：花木蘭文化
事業有限公司，2019〔民108〕
目 4+158 面；17×24 公分
（古典詩歌研究彙刊 第二六輯；第 2 冊）
ISBN 978-986-485-837-8（精裝）
1.（唐）李白 2. 唐詩 3. 詩評
820.91   108011603

ISBN-978-986-485-837-8

9 789864 858378

古典詩歌研究彙刊
第二六輯　第二冊   ISBN：978-986-485-837-8

李白宣州詩研究

作　　者　李易臻
主　　編　龔鵬程
總 編 輯　杜潔祥
副總編輯　楊嘉樂
編　　輯　許郁翎、王筑、張雅淋　美術編輯　陳逸婷
出　　版　花木蘭文化事業有限公司
發 行 人　高小娟
聯絡地址　235 新北市中和區中安街七二號十三樓
　　　　　電話：02-2923-1455 ／傳真：02-2923-1452
網　　址　http://www.huamulan.tw 信箱 hml 810518@gmail.com
印　　刷　普羅文化出版廣告事業
初　　版　2019 年 9 月
全書字數　103766 字
定　　價　第二六輯共 8 冊（精裝）新台幣 13,500 元

李白宣州詩研究

李易臻　著

作者簡介

　　李易臻，國立高雄師範大學國文學系碩士班畢業，由蘇珊玉教授所指導。

　　大學時期於古典詩詞方面產生了興趣，也奠定了基礎；就讀研究所時，更深受蘇教授所影響，以李白詩結合宣州史地作為畢業論文的研究方向，嘗試以更細膩的視角探究詩人遊歷山水間的情感表達，及詩歌本身的藝術技巧展現，願能於大家詩人的研究上開闢出一條新徑。

提　　要

　　李白為盛唐時期的詩歌創作大家，擁有獨特超群的藝術風格，受古今學者所重，歷代研究成果豐碩，研究論文盈千累萬。然而考察李白詩歌相關研究，多著重於整體詩歌作品的意象表達與思想傳遞等內容。對於李白遊歷山水之間，於地方人文建立的深厚情感，卻是前人鮮少觸及之處，經由筆者探查發現，其於晚年多次往返宣州，並於此地留有相關詩歌作品，可見宣州對於李白有一定程度的影響。故本論文以「李白宣州詩」為研究對象，希望透過分期研究法、歷史研究法、主題分類法及鑑賞詮釋法，深入探究李白於宣州所作之詩。本論文研究成果有四：

　　第一，探討宣州與唐代地理人文。分為「地理風土」與「人文歷史」兩部分考察宣州的獨特地理名景與人文發展，藉由古籍文獻的紀載及唐代文人之詩的輔佐，對於唐代的宣州產生概念，以利掌握李白宣州詩中所欲表達的情感內涵。

　　第二，分析李白宣州詩內容特點。根據題材內容，將 36 首詩分成「宣州景致，山水有情」、「宣地名物，產酒之地」、「宣州交遊，良朋知己」及「離亂酬贈，愁苦終生」四部分，記錄李白於宣州的山水遊歷、消遣應酬，也反映了盛唐的社會現況。

　　第三，歸納李白宣州詩藝術特色。以「有境界則成高格」、「『陌生化』的審美視野」、「善用技巧添涵義」為核心分成三部分討論。首先以王國維境界說之「寫境」與「造境」檢視詩中內容；其次以「陌生化」理論為架構，考察「心理距離」與「審美聯想」的運用，最後可見李白運用體裁及典故以增加詩歌承載。

　　第四，凸顯本論文之研究成果。李白宣州詩不但展現其一貫的豪放雄壯之氣、浪漫飄逸之風，亦可見詩人對於宣州人文山水的喜愛與崇敬，及於人生路上的掙扎與矛盾，不過也因如此，才得以見得豐富多彩的大家之作。

目次

表次

圖次

第一章　緒　論

　　本章筆者依次說明李白宣州詩的研究動機與目的，訂定研究範圍，並根據前人研究成果可借鑑抑或不足之處，作爲論文可開展之面相，以不同的思考角度重探李白詩，期能有所新意，最後確立研究方法與步驟，讓論文能有穩固的架構以完整流暢的進行論述分析。

第一節　研究動機與目的

　　李白爲盛唐時期的詩歌創作大家〔註1〕，他廣泛吸取前人特點，融入自己的創作之中，形成獨特超群的藝術風格。〔註2〕陳伯海先生認爲：「他（李白）把古典詩歌言志述懷的功能和抒情寫景的技巧，提到前所未有的高度，實際上是給他以前的時代做了總結，也向後來的詩家提出挑戰。」〔註3〕故李白在詩歌領域的成就爲歷

〔註1〕唐詩因客觀的社會環境及主觀的思想意識，形成注重風骨與興寄的盛唐氣象。李白性格豪爽任俠、自然率眞，詩風超逸雄闊、自然清麗有「詩仙」、「詩俠」、「酒仙」、「謫仙人」等稱呼，可謂盛唐時期的代表人物。

〔註2〕李詩吸收了《詩經》、《楚辭》及樂府民歌的精華，並受鮑照、大小謝影響，可參看李直方：〈李白與謝朓〉，夏敬觀等：《李太白研究》（臺北：里仁書局，1985年），頁297～314。及王運熙、顧易生主編：《中國文學批評通史》（卷3）（上海：上海古籍出版社，2007年），頁222～235。

〔註3〕陳伯海：《唐詩學引論》（上海：知識出版社，1988年），頁115。

代學者研究之重點，至今相關之論文已盈千累萬。

筆者蒐羅兩岸論文發現對李白詩之研究多著重於以下內容之探討：

以研究意象為多，有陳宣諭《李白詩歌海意象研究》、許家珮《李白詩「風」意象之研究》、孫鐵吾《李白詩歌中植物意象研究》、蘇健《李白詩歌意象的概念整合研究》等。

其次為神話、遊仙、飲酒等與李白道教思想相關之研究。神話有楊文雀《李白詩中神話運用之研究──以仙道神話為主體》、趙東明《論李白詩歌的神話精神》。遊仙有張鈴杰《李白遊仙詩研究》、洪啓智《論李白遊仙詩的文化心理與主題內容》。飲酒有陳念蘭《李白酒詩與盛唐氣象之研究》、陳萱蔓《陶淵明與李白飲酒詩之比較研究》、鄧夢燕《李白詩中的「酒」考察》。

又有女性、美學思想方面之研究。如：徐淑芬《李白詩的悲怨美學研究──以近體詩為例》、張俐盈《體道與審美──李白詩歌中的生命體驗與藝術精神》。鄒君瑜《李白婦女詩研究》、陳萍怡《李白詩女性敘寫研究》、許心寧《李白詠女性詩篇之研究》。

若就形式而言，大陸論文討論較多，有針對版本、修辭之研究。版本方面有胡振龍《李白詩古注本研究》。修辭方面有王竟《試論李白詩歌的修辭藝術特色》、何麗榮《李白詩歌意象的隱喻研究》。尚有韓建永《李白詩歌的用典》、林慶盛《李白詩用韻之研究》。

綜觀以上論文，研究者多著重於對李白詩整體內容，或是形式之論述，而詩人的創作定與其生命經驗息息相關，為何會有如此絢麗多元的創作出現？我們是否可從其他面向來討論李白詩呢？

由唐朝時代背景來看，社會政治穩定，經濟發展蓬勃，讓唐人能周遊四方，漫遊成為唐代文人生活的一部分，不僅是休閒消遣，更是入仕以前結交官友，開拓仕途之路的好機會。李白從小就有「桑孤蓬矢，射乎四方」〔註4〕的志向，年輕時「仗劍去國，辭親遠遊，

〔註4〕出自〈上安州裴長史書〉：「以為士，生則桑孤蓬矢，射乎四方。故知

南窮蒼語，東涉溟海」〔註5〕足跡踏遍大半個中國。〔註6〕他一生走過許多名山大川，將所見、所聞、所感化爲詩篇，我們可以從作品中體察李白的人生軌跡，晚年他多次往返宣州諸處，與宣州或有特殊情感，引起了筆者的研究興趣，李白與宣州之間的關聯爲何？李白爲何對宣州情有獨鍾？宣州又有何吸引李白之處？

　　因此，本文欲以前人較無論及的部分，以李白在宣州所作之詩做爲討論對象，檢視兩者之關聯，從而討論李白宣州詩的內在情感與外在形式。以較爲聚焦的角度，期望提供一個不同的研究面向，也對李白詩能有更進一步的認識。

第二節　研究範圍與主題義界

一、版本依據

　　本論文所用之李詩注本，以一九九六年詹瑛主編，由天津百花文藝出版社出版之《李白全集校注匯釋集評》爲主要底本。其書校勘以日人平岡武夫影印靜嘉堂文庫藏宋蜀本《李太白文集》三十卷爲底本，簡稱靜嘉堂宋本或宋蜀本，採用唐宋元明刊本、重要總集及選本進行校勘而成。〔註7〕

　　其次參看一九八一年由瞿蛻園等人校注，臺北洪氏出版社印行之《李白集校注》。書中多採錄楊齊賢、蕭士贇、胡震亨、王琦四家之說，其中以清乾隆刊本王琦輯注《李太白文集》（簡稱王本）徵引最多，加以參考其他各本與唐、宋兩代重要總集及選本進行校勘完成。〔註8〕

　　　大丈夫心有四方之志。」，（唐）李白：《李太白文集》（臺北：臺灣商務印書館，1981 年），卷二十五，頁 13。

〔註5〕出自（唐）李白：〈上安州裴長史書〉，《李太白文集》，卷二十五，頁 13。

〔註6〕參見陳伯海：《唐詩學引論》，頁 47。

〔註7〕參見詹瑛主編：《李白全集校注匯釋集評》（天津：百花文藝出版社，1996 年），凡例，頁 1～3。

〔註8〕參見瞿蛻園校注：《李白集校注》（臺北：洪氏出版社，1981 年），凡

最後參考一九九五年由陳伯海編，杭州浙江教育出版社出版之《唐詩彙評》，以其作爲解析詩歌創作意義與篇章脈絡參考對照之文本。《唐詩彙評》爲反映《全唐詩》概貌的讀本，其遵循《全唐詩》及各種唐詩選本的通例，因此書中所選詩歌本文與詩人詩作編排也皆從《全唐詩》。〔註9〕

至於本論文之李詩繫年以下列四者交互比對作爲依據：

表 1-2-1　李詩繫年使用版本

著　作	編著者	出　版　項
《李白詩文繫年》	詹瑛編著	北京：人民文學出版社，1984 年
《李白年譜》	安琪著	臺北：文津出版社，1987 年
《李太白年譜》	黃錫珪編	北京：作家出版社，1958 年
《李白集校注》附錄李太白年譜	王琦	臺北：洪氏出版社，1981 年

（李易臻制表）

其中以詹瑛《李白詩文繫年》最爲詳盡，除了敘述李白生平遊歷過程，亦將每時期所寫之詩羅列於下，進行說明。安旗《李白年譜》以粗體字標示李白遊歷所經之事，說明可見於何詩，且稍有論述。黃錫珪《李太白年譜》、王琦李太白年譜則將李白至宣州所寫之詩以注釋方式羅列，查找較爲不易。

二、宣州詩義界

在討論李白宣州詩之前，除了版本問題外，還必須先界定宣州之地域，以聚焦論述主題。

宣城縣，今屬安徽省蕪湖地區。最早爲戰國時代的愛陵，是典型的楚語地名，漢武帝元豐二年（前一○九年）改愛陵爲宛陵縣，隋文帝開皇元年（五八一年）易宛陵縣爲宣城縣，南宋迄清，皆爲寧國府

例，頁 1～4。

〔註9〕參見陳伯海編：《唐詩彙評》（杭州：浙江教育出版社，1995 年），凡例。

附郭縣。〔註10〕

據《宣城縣志》所述宣城的建置沿革，整理如下表格：

表 1-2-2 宣城建置沿革

年　代	部　省	州　郡	縣　治
唐虞夏商			
秦	揚州	鄣郡	
漢武帝元豐二年		丹陽郡	
晉武帝太康二年			宛陵縣
梁武帝末	南豫州	宣城郡	
陳	宣州		
隋文帝開皇九年		宣州	
唐玄宗天寶元年	江南西道	宣城郡	
唐肅宗乾元元年	宣歙觀察使	宣州	宣城縣
宋孝宗乾道二年	江南路	寧國府	
清聖祖康熙五年	安徽布政		

（李易臻制表）

《宣城縣志》將其分為部省、州郡及縣治三級。以部省來看，唐虞夏商設揚州，梁為南豫州，陳稱宣州，唐名江南西道，各朝名稱多不同；以州郡來看，秦設鄣郡，漢為丹陽郡，晉析丹陽郡置宣城郡，隋稱宣州，唐玄宗改州為郡，至唐肅宗復稱宣州，宋至清則名寧國府；以縣治來看，漢設宛陵縣，隋文帝以後改稱宣城縣。

然筆者所欲討論之李白宣州詩是為州郡所稱「宣州」、「宣城郡」地區，並不論及陳隋之際部省所劃分之「宣州」。因此本文所研究的李白宣州詩，以黃錫珪《李太白年譜》、詹瑛《李白詩文繫年》、安旗《李白年譜》及王琦的李太白年譜四本〔註11〕，所提及李白於宣

〔註10〕參見（清）陳受培修，（清）張燾纂：《宣城縣志》（北京：中國書店出版，新華發行，1992 年），頁 0。
〔註11〕詳見附錄一。

州所作之詩相互對照〔註 12〕，發現李白於天寶十二載（七五三年）秋、天寶十四載（七五五年）冬、至德元載（七五六年）春、上元二年（七六一年）冬至宣城，天寶十三載（七五四年）秋與寶應元年（七六二年）春遊於宣州諸處，共計有詩 36 首〔註 13〕（五言古詩 20 首、五言律詩 9 首、五言絕句 2 首、七言古詩 3 首、七言絕句 1 首、七言律詩 1 首），多集中於晚年，又以天寶十二載於宣州所做之詩爲多。

第三節　文獻探討

　　李白詩可視爲唐代文學研究的要點，在臺灣與大陸兩地發表的論文不計其數，可知李白在詩學史上的重要性。故以下僅針對本論文涉及之論文，如：道家思想、飲酒詩、李白詩創作形式、與謝朓相關及與宣州相關等題，加以整理羅列，對具有參考價值者進行討論，呈現其研究成果可借鑒，抑或不足之處，以作爲筆者後續研究之拓展。

　　先以李白詩整體研究而言，陳敬介《李白詩研究》〔註 14〕爲李白詩做了整體性的研究，除了對李白生平傳說、詩集版本與創作淵源及其思想特質等基本的討論，還針對詩歌作品修辭、題材、風格等面向進行探討，論與其他藝術之融通，以及詩歌接受史概論，最後進行李白詩歌外譯情形探析。而阮廷瑜〈李白詩析論〉〔註 15〕主要討論李白詩的寫作手法及特色。至於夏敬觀等著《李太白研究》〔註 16〕一書，

〔註 12〕四本年譜之中所提李白於宣州所作之詩，不單單以詩題而論，而是涉及內容，有關於李白對於宣州描寫之詩皆納入其中。

〔註 13〕詳見附錄二。

〔註 14〕陳敬介《李白詩研究》爲東吳大學中國文學系博士論文，出版於 2005 年。

〔註 15〕阮廷瑜〈李白詩析論〉收錄於《書目季刊》，20 卷 3 期，1986 年 12 月，頁 25～37。

〔註 16〕夏敬觀等，《李太白研究》（臺北：里仁書局，1985 年）。

則是匯集了李白相關詩歌研究。以上三者對李白詩研究皆提供了豐富的資料，可給研究者約略的詩觀，但仍於輔助之用。

一、單一主題

　　李白充分吸納先秦各家思想，其中受儒、道影響最深，「求仙學道」更是李白政治失意，超脫現實的寄託，故神話、山水遊仙等主題乃爲李白詩的一大特色。飲酒則是李白的興趣，也是他的創作靈感來源，故酒詩於李白作品中有其重要地位。

　　以神仙山水主題來看，洪啓智《論李白遊仙詩的文化心理與主題內容》〔註17〕由先秦神仙思想的形成，至遊仙詩的發展，再將李白詩以編年方式作爲分期依據，將其人生經驗與創作心境分爲四部份討論，因山水、飲酒、摯友是李白溝通神仙的橋樑，故最後將此三者分別提出探討。此篇論文將遊仙詩的起源作了完整的交代，但討論李白詩之縱向的時間分期與橫向的遊仙內容分類，似乎切割太清楚，兩者應是相輔相成、互有關連，同樣的題材內容於不同的時期，會因詩人的心境不同而有不同的展現方式，不能一概而論，由此才得以建立出一個明確的架構。楊文雀〈李白神話詩研究——以仙道神話爲主體〉〔註18〕主要以神話詩研究方法進行討論，探討李白的創作緣由與內心情緒。張宗福〈論李白仙道詩的清靜與超越〉〔註19〕認爲李白的仙道詩所追求的精神層面，實然受道家思想所影響。康震〈李白仙俠文化人格的美學精神〉則從李白作品中所展現的仙道與任俠兩種人格進行分析，討論性格的成因與其美學意義。上述三篇期刊論文皆展露出李白對仙道之喜好與追求，於詩歌當中展現了道教文化與思想，此爲李白詩的特色之一。

〔註17〕洪啓智《論李白遊仙詩的文化心理與主題內容》爲中央大學中國文學系碩士在職專班學位論文，出版於2006年。
〔註18〕楊文雀〈李白神話詩研究——以仙道神話爲主體〉收錄於《輔大中研所學刊》1期，1991年10月，頁21～34。
〔註19〕張宗福〈論李白仙道詩的清靜與超越〉收錄於《西華師範大學學報》（哲學社會科學版）2009年2期，2009年3月，頁34～39。

　　以飲酒主題來看，陳懷心《李白飲酒詩研究》〔註20〕先探討酒對中國文學的意義，接著討論李白飲酒詩的內涵及藝術特色。陳念蘭《李白酒詩與盛唐氣象之研究》〔註21〕欲呈現李白酒詩與盛唐氣象之關係，故以精神的廣度美、生命的深度美及藝術創作的高度美做爲論文的主要內容架構。以上兩篇因皆爲學位論文，故討論的範圍廣，得以讓讀者對於李白飲酒詩的創作背景、內容、形式特色，有概念性認識。薛順雄〈李白飲酒詩論析〉〔註22〕先闡明李白與酒的關聯，再依不同的表達情感與書寫內容，列舉詩例於下佐證。藉此可以了解李白飲酒的原委與背後的創作心境。因所列舉之詩與筆者界定之研究範圍有所重疊，故給予筆者後續內容探討之啓發，幫助頗大。李錦〈琥珀光中看李白──論李白酒詩中的缺失性心理體驗〉〔註23〕主要針對李白酒詩中所透漏的孤獨感、壯志難伸、感嘆生命有限等三個部分進行論說，認爲三者是相互交織、錯綜複雜的存在，此種缺失性心理體驗成爲李白另一種獨特的生活方式。此篇論文著重於書寫李白酒詩寫作的負面情感，藉此可以看見詩人較不爲人知的一面，對於李白能有更全面的認識。

　　以上論文皆對相關之詩進行揀選與分析，對此二類主題的詩歌研究提供了系統性的資料。

二、類比研究

　　因爲兩者有相似特徵，又有其相異處，才能相互比較。綜觀相關論文有與李白興趣相同的陶淵明比較，共同於盛唐詩壇齊名的杜

〔註20〕陳懷心《李白飲酒詩研究》爲中山大學中國文學系碩士論文，出版於 2003 年。

〔註21〕陳念蘭《李白酒詩與盛唐氣象之研究》爲臺灣師範大學國文學系在職進修碩士班學位論文，出版於 2011 年。

〔註22〕薛順雄〈李白飲酒詩論析〉收錄於《東海中文學報》11 期，1994 年 12 月，頁 31～43。

〔註23〕李錦〈琥珀光中看李白──論李白酒詩中的缺失性心理體驗〉收錄於《陝西師範大學學報》(哲學社會科學版) 2001 年 S1 期，2001 年 12 月，頁 114～118。

甫比較，有思想內容、創作手法爲李白所效法的屈原、鮑照、謝朓比較。

　　陳萱蔓《陶淵明與李白飲酒詩之比較研究》〔註24〕，陶淵明及李白皆爲好酒之人，所作之飲酒詩眾多，故作者以飲酒詩的角度來一窺陶淵明和李白這兩大詩人酣飲醉酒之下的生命與心靈。同前述李白飲酒詩研究，先進行中國飲酒詩溯源，接著分述陶淵明與李白飲酒詩的主題內涵、思想背景、風格特色與修辭技巧等，最後呈現李白對於陶淵明之承繼，與兩人飲酒詩之異同。此篇論文爲讀者對陶淵明與李白飲酒詩建構了基本概念，且藉由比較能更加清楚兩人創作的心境與技巧異同之處。

　　張振謙、張海沙〈豪愁國愁和己愁，詩仙詩聖與詩因——比較李白、杜甫、孟郊詩中的「愁」〉〔註25〕因三位詩人所處的歷史環境不同，所遇所感各不相同，故其藝術展現方式與排解憂愁方法也各有差異。於此論文中，筆者多見其異處，但三位詩人的共同點與連結性並不高，爲何舉此進行比較，未見作者說明。其中值得注意的是李、杜於詩中常流洩出心中愁苦，且皆是以飲酒來消解苦悶情緒，再次說明了李白詩創作與酒的關係密切。

　　周傳燕〈鮑照與李白樂府詩之比較〉〔註26〕鮑照與李白處於不同時代，但樂府詩的創作內容與形式卻有諸多相似之處，由此可知李白善於吸取各家詩人優點，並融入個人創作特色，故其樂府歌行中若可見鮑照的奔放明快，此爲研究李白詩值得注意之處。

　　因本論文以李白宣州詩爲研究對象，故謝朓之重要性不言而

〔註24〕陳萱蔓《陶淵明與李白飲酒詩之比較研究》爲臺灣師範大學國文學系在職進修碩士班學位論文，出版於 2010 年。

〔註25〕張振謙、張海沙〈豪愁國愁和己愁，詩仙詩聖與詩因——比較李白、杜甫、孟郊詩中的「愁」〉收錄於《貴州社會科學》2006 卷 1 期，2006年 1 月，頁 126～128。

〔註26〕周傳燕〈鮑照與李白樂府詩之比較〉收錄於《樂山師範學院學報》26 卷 2 期，2011 年 2 月，頁 32～36。

喻，而茆家培與李子龍主編《謝朓與李白研究》〔註27〕提供了多篇李、謝的山水詩比較，可看出李白對謝朓的承繼與創新突破。傅美玲〈李白對謝朓清麗詩風的追尋〉〔註28〕將李白敬慕謝朓之因，及李白對謝朓文風的具體展現作了詳盡的分析，筆者讀來受益頗多。整篇文章思維縝密，舉例令人信服，但部分內容僅列詩句，敘述略少，爲可惜之處。李錫鎮〈從互文現象論李白與謝朓的關係〉〔註29〕則是更爲聚焦討論李白與謝朓其人其詩的關係，當中可見宣州爲連結李白與謝朓的重要關鍵。

三、美學理論與藝術風格

首先以分析李白詩歌情感爲內容的論文有徐淑芬《李白詩的悲怨美學研究——以近體詩爲例》〔註30〕與楊靜宜《李白詩歌感時傷逝情懷研究》〔註31〕，兩者皆是分析李白詩歌悲傷情緒的成因與表現，最後討論李白對悲怨的抒解方式。此可與前述論文張振謙、張海沙〈豪愁國愁和已愁，詩仙詩聖與詩因——比較李白、杜甫、孟郊詩中的「愁」〉及飲酒詩相關內容論文相互參照比對，進而對李白詩創作有更加深刻的理解。

蔡文昌《李白詩追憶書寫之研究》〔註32〕則從追憶書寫的角度切入，深入探討李白詩中涉及個人經歷與追想的回憶詩。張俐盈《體

〔註27〕茆家培、李子龍主編，《謝朓與李白研究》（北京：人民文學出版社，1995 年）。

〔註28〕傅美玲〈李白對謝朓清麗詩風的追尋〉收錄於《輔大中研所學刊》13 期，2003 年 9 月，頁 147～167。

〔註29〕李錫鎮〈從互文現象論李白與謝朓的關係〉收錄於《成大中文學報》20 期，2008 年 4 月，頁 137～170。

〔註30〕徐淑芬《李白詩的悲怨美學研究——以近體詩爲例》爲國立高雄師範大學國文學系碩士論文，出版於 2012 年。

〔註31〕楊靜宜《李白詩歌感時傷逝情懷研究》爲國立中正大學中國文學系碩士論文，出版於 1998 年。

〔註32〕蔡文昌《李白詩追憶書寫之研究》爲國立東華大學中國語文學系碩士論文，出版於 2010 年。

道與審美——李白詩歌中的生命體驗與藝術精神》〔註33〕由詩歌反映出李白的生命意義與藝術性格，並與其他詩人相互對照。以上四篇論文由不同的面相看見李白不一樣的生命軌跡，對於李白詩的研究有其參考價值與幫助。

　　接著以道家美學思想來論李白詩，如：梁存發〈論道家美學與傳統藝術精神——兼論李白詩風〉〔註34〕。作者認為李白詩能體現道家精神，尤以山水詩內涵豐富的道家美學思想，道家美學也間接造就了李白自然、奔放、淡遠的詩風。

　　最後為全文著重於李白詩歌寫作藝術形式研究之論文，此類多為大陸之作。如：王競《試論李白詩歌的修辭藝術特色》〔註35〕由修辭學的角度出發，結合文學批評、接受詩（美）學中對李白詩歌的評論和批評，分析和梳理李白詩歌的修辭藝術特色。韓建永《李白詩歌的用典》〔註36〕先對李白詩中的事典、語典進行分析，再加以考察其用典特點及其思想變化。臺灣部分有林慶盛《李白詩用韻之研究》〔註37〕研究重點為李白詩用韻的現象，首先探討李白古體詩的韻式技巧，古、近體詩韻部的分合及其通轉的現象，接著比較李白詩韻與廣韻的異同，以及李白用韻和情感表現的關係。以上三篇論文對於李白詩的修辭、用典、用韻部分作了更加完整且詳細的論述，對於筆者宣州詩的藝術形式分析頗有幫助。

〔註33〕張俐盈《體道與審美——李白詩歌中的生命體驗與藝術精神》為國立成功大學中國文學系碩士論文，出版於 2006 年。

〔註34〕梁存發〈論道家美學與傳統藝術精神——兼論李白詩風〉收錄於《甘肅社會科學》，2007 卷 2 期，2007 年 3 月，頁 152～154。

〔註35〕王競《試論李白詩歌的修辭藝術特色》為安徽大學碩士論文，發表於 2007 年。

〔註36〕韓建永《李白詩歌的用典》為西北師範大學碩士論文，發表於 2006 年。

〔註37〕林慶盛《李白詩用韻之研究》為東吳大學中國文學研究所碩士論文，發表於 1985 年。

四、與宣州相關

有關李白與宣州之內容，蒐羅兩岸論文發現，僅有大陸期刊論及，且除了湯華泉〈唐代詩人與宣城關係考〉〔註38〕為探討詩人與宣州的關係外，其餘多是對〈宣州謝朓樓餞別校書叔雲〉進行解讀、賞析，單篇討論此詩的藝術風貌、情感內涵而已（見表1-3-1），故此部分有很大的研究拓展空間。

表 1-3-1　宣州相關論文

名　稱	作者	發表期刊／卷期／頁碼	發表時間
棄也何曾棄，亂且終自亂——解讀李白《宣州謝朓樓餞別校書叔雲》	黃增科 陳繼任	《中學教學參考》2014年3期，頁11	2013年12月
千古詩才別樣文章——李白《宣州謝朓樓餞別校書叔雲》評析	陳志霞	《語文知識》2012年4期，頁13～14	2012年11月
《宣州謝朓樓餞別校書叔雲》：無理而妙	孫紹振	《語文建設》2010年9期，頁38～40	2010年9月
從《宣州謝朓樓餞別校書叔雲》看李白的人生	王鷹	《現代語文（文學研究版）》，頁22～23	2010年3月
浩浩蕩蕩從從容容——李白《宣州謝朓樓餞別校書叔雲》情感內涵賞析	彭新有	《古典文學知識》2009年5期，頁20～25	2009年9月
李白《宣州謝朓樓餞別校書叔雲》剖析	陳飛龍	《新疆師範大學學報》（哲學社會科學版），第26卷第4期，頁95～97	2005年12月
李白《宣州謝朓樓餞別校書叔雲》詩題爭議的由來——兼論其詩的藝術風貌	李克和	《中國韻文學刊》1996年3期，頁52～58	1996年6月

（李易臻制表）

〔註38〕湯華泉〈唐代詩人與宣城關係考〉收錄於《安徽大學學報》（哲學社會科學版），第32卷第7期，2008年1月，頁53～57。

第四節　研究方法與步驟

　　依現今社會科學研究方法而言，本論文屬於「文獻資料研究」類型，以《李白全集校注匯釋集評》為主要底本，參看《李白集校注》及《唐詩彙評》等文獻資料，作為研究探討的主體內容。筆者本論文所用之研究方法為下面幾種：

　　第一，分期研究法。本論文以黃錫珪、詹瑛、安旗及王琦編寫的四本李太白年譜，鎖定李白於天寶十二載（七五三年）至寶應元年（七六二年）間，六次前往宣州，並留有詩歌作品，企圖探查此時宣州詩之特色。

　　第二，歷史研究法。藉由古今書籍所載宣州相關人文風物地景資料為基礎，配合唐代文人相關詩歌作品中的地誌書寫，以了解宣州人文地理之發展。

　　第三，主題分類法。本論文針對李白至宣州所作之詩，依據其詩歌內容，將 36 首詩分為描寫山水景致之作、悲歡飲酒之作、交遊往來之作及戰爭愁苦之作，於情感內涵表達上與歷代詩歌品評上進行深入探討。

　　第四，鑑賞詮釋法。除了考察文獻與蒐羅資料外，必須深入鑑賞作品以詮釋出詩人所蘊藏的情感內涵與藝術價值，故本論文藉由「宣州詩之內容展現及特點」及「宣州詩之藝術表現與特色」兩部分之探究，期能對李白宣州詩的內在涵義及外在表現能較有全面的理解。

　　至於本論文組織架構為：

　　第一章緒論，首先說明本論文的研究動機與目的，其次訂定研究範圍與主題義界，再者將前人研究以「單一主題」、「類比研究」、「美學理論與藝術風格」及「與宣州相關」四部分討論，最後敘述所用的研究方法與步驟。

　　第二章「宣州與唐代地理人文」。「地理風土」方面為考察宣州重要地景資源，「人文歷史」方面為探查宣州歷史人文發展，藉此了

解宣州的風土民情，以掌握李白宣州詩中的內容涵意。

　　第三章「宣州詩之內容展現及特點」。主要是針對詩歌內容上的討論，分爲「宣州景致，山水有情」、「宣地名物，產酒之地」、「宣州交遊，良朋知己」及「離亂酬贈，愁苦終生」四部分，企圖透過對於詩歌內容的分析，了解李白於宣州的生活消遣與交友往來，一探盛唐的生活形態與社會時事。

　　第四章「宣州詩之藝術表現與特色」。以第三章內容爲基礎，加以探究宣州詩形式上的藝術特色。第一節「有境界則成高格」以王國維所言「寫境」與「造境」探討宣州詩內容特點。第二節「『陌生化』的審美視野」以陌生化理論檢視詩中「心理距離」與「審美聯想」的運用。第三節「善用技巧添涵義」則分析李白如何運用不同的詩歌體裁特色，增強內容涵義的表達，以及如何藉由典故將所欲表達的情意心志濃縮於詩歌當中。

　　第五章結論，首先爲歸納各個章節的研究結果，再者爲筆者的研究心得及收穫，最後爲論文之展望，希望藉由以上論述以展現本論文之研究成果。

第二章　宣州與唐代地理人文

　　宣州地理環境優良，資源豐富，景觀特殊，自古為重要樞紐地域，且建置時間早，歷史淵遠流長，人文底蘊深厚。本章筆者擬對宣州先作地理風土的了解，考察宣州的重要地形名景與特殊物產資源，接著探討人文歷史，由宣州的歷史開發至人文淵源為討論範疇，望藉此對宣州人文地理有所掌握，進而助於理解李白宣州詩的蘊含意義。

第一節　地理風土

　　本節以地形名景與物產資源兩部分考察宣州地理風土，首先概述宣州古今地理位置，勘察重點山脈河川，接著以宣州物產來看其經濟產業之發展。

一、地形名景

　　安徽宣城，秦時建縣，古名宛陵。這是一座處於宛水之濱、陵陽山之麓的江南古城。漢武帝元封二年（前 109 年）在此設立丹陽郡，管轄今蘇南皖南浙西等地的 17 個縣。此後，這裡一直為郡、州、府的治地。〔註1〕是江南五大中心城市之一。

〔註 1〕石巍：〈宣州古城〉，收錄於《尋根》，2002 年第 6 期，2002 年 12 月，頁 79。

　　唐代的宣州位於現今安徽省東南部，東臨浙江省杭州、湖州，南倚黃山，北接江蘇省南京、常州、無錫，地理位置優越，自古為連接內陸與沿海的重要樞紐（見圖 2-1-1）。宣州北部地形為平原，中部為丘陵崗地，南部為低山丘陵，地勢南高北低，主要以丘陵為主（見圖 2-1-2）。因地形氣候相互配合，此區景觀多元，物產豐饒，有江南魚米之鄉之稱，宣紙、宣筆為此地特產，亦為中國文房四寶之鄉。自西漢設郡以來已有兩千多年的歷史，歷史悠久，文化底蘊深厚；人文薈萃，文脈淵遠流長，是中國歷史文化名城。

　　正因為宣州文風興盛，詩人多遊歷至此，與宣州關係密切，留下許多關於宣州宣城之作。如孟浩然〈夜泊宣城界〉（一題作旅行欲泊宣州界）：

> 西塞沿江島，南陵問驛樓。湖平津濟闊，風止客帆收。
> 去去懷前浦，茫茫泛夕流。石逢羅剎礙，山泊敬亭幽。
> 火識（一作熾）梅根冶，煙迷楊葉洲。離家復水宿，相伴賴
> 沙鷗。〔註2〕

詩中寫及許多宣州境內的地名，如南陵、羅剎、敬亭、梅根、楊葉洲，那時宣州範圍很大，孟浩然經常乘舟往來，對這一帶的江山風物十分熟悉，所以他一進入宣州地域就對它作了這樣全景式地描寫。題中「泊宣城界」是指宣城郡這一個地理概念，而不是指宣城縣，他所泊地宣城界，可能就是秋浦（今貴池）一帶，所以這首詩僅是涉及宣城並不是遊宣城的詩。〔註3〕

　　若要說唐代最早遊歷宣城並留有題詠的詩人當是邢巨。其遊宣州詩題為〈游宣州琴溪同武平一作〉，武平為開元前期任宣州司功，今存〈游涇川琴溪〉詩一首，應為兩人同遊琴溪所作。〔註4〕

〔註2〕（唐）孟浩然：〈夜泊宣城界〉，（清）清聖祖御製：《全唐詩》（臺北：粹文堂書局，1974 年），卷一六〇，頁 1665。

〔註3〕參見湯華泉：〈唐代詩人與宣城關係考〉，收錄於《安徽大學學報》（哲學社會科學版），第 32 卷第 7 期，2008 年 1 月，頁 56。

〔註4〕參見湯華泉：〈唐代詩人與宣城關係考〉，頁 55。

圖 2-1-1 宣州現今地理圖

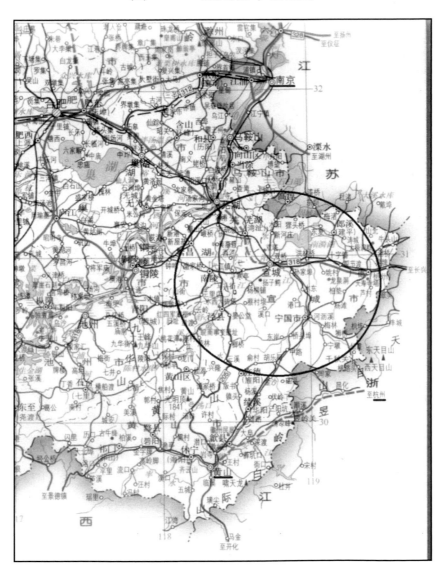

圖片來源：《中國地圖冊》（哈爾濱：哈爾濱地圖出版社，2001 年），
頁 66。

圖 2-1-2　安徽宣州地勢圖

圖片來源：《中國地圖冊》，頁 67。

靈谿非人迹，仙意素所秉。

鱗嶺森翠微，澄潭照秋景。〔註5〕

邢巨於首句即賦予琴溪奧秘的色彩，所在之處隱密杳無人跡，接著續寫宣州秋天的山川水景，因為季節的轉換，茂密翠綠的景致，漸漸凋落，澄淨的潭水映照著此一景色，幽靜得若有仙意。

而提及對宣州山水名景最有情感的詩人，就屬謝朓與李白了，謝朓於宣城太守任上多有描寫宣州山水之詩，李白則是遊歷於宣州各處，對地理景物有較為全面地描寫，本文將於後面另闢章節詳細探討，於此故不贅言，故以下主要根據謝朓詩來認識宣州景致。

首先提及宣州山水當屬「敬亭山」最為人所知，據《宣城縣志》所云：

宣邑山之脈有三：南由黃山東南，由天目西南，由九華。由黃山者，秣太平旌德涇之東境，及寧國之文脊，宣城之華陽抵敬亭而止，為郡城之陵陽山、敬亭，而北諸峰皆其餘脈也。……〔註6〕

敬亭山是境內名山，屬於黃山支脈。敬亭山原名昭亭山，因為避西晉追封的太祖文皇帝司馬昭之名諱而改名。〔註7〕李白晚年常至宣州，多次登臨敬亭山，留下不少描寫敬亭山之作，對於敬亭山的吟詠也以李白的〈獨坐敬亭山〉最為人所知，但始將敬亭山入詩者，應是南朝詩人謝朓〈遊敬亭山〉：

茲山亙百里，合沓與雲齊。隱淪既已託，靈異居然棲。

上干蔽白日，下屬帶迴溪。交藤荒且蔓，欃枝聳復低。

獨鶴方朝唳，饑鼯此夜啼。泄雲已漫漫，夕雨亦淒淒。

我行雖紆組，兼得尋幽蹊。緣源殊未極，歸徑宕如迷。

〔註5〕（唐）邢巨：〈游宣州琴溪同武平一作〉，（清）清聖祖御製：《全唐詩》，卷一一七，頁1183。

〔註6〕（清）陳受培修，（清）張燾纂：《宣城縣志》，頁38。

〔註7〕胡阿祥：〈先唐時代之宣城：江南奧壤，山水詩都〉，收錄於《安徽史學》，2016年第3期，2016年5月，頁136。

要欲追奇趣，即此陵丹梯。皇恩竟已矣，茲理庶無暌。〔註8〕

此爲謝朓任宣城太守所作，他宦遊宣城，不只遊歷，還有吟詠，於任上寫了近三十首有關宣城的詩〔註9〕，留下了許多優秀的山水詩，清麗疏儁的詩風對後代文人有深刻影響。除了李白與謝朓，歷代文人如白居易、杜牧、歐陽脩、黃庭堅、蘇軾、文天祥等也相繼來訪於此，或有留下詩文對敬亭山之吟詠。

其次，宣州河川水域，據《宣城縣志》所言：

> 水之源亦三：東由積溪叢山及天目，北麓秠寧國入宣城，東合華陽綠水塘爲句溪至城，北隅與宛溪合西一水，由太平涇川入宣城⋯⋯〔註10〕

宛溪發源於天目山，至城東北與句溪合，宛、句兩水，合稱「雙溪」，可謂宣州的重要水資源，故歷代文人描寫宣州常將二者入詩，如：謝朓〈將游湘水尋句溪詩〉：

> 既從陵陽釣，挂鱗驂亦螭。方尋桂水原，謁帝蒼山垂。
> 辰哉且未會，乘景弄清漪。瑟汨瀉長澱，潺湲赴兩歧。
> 輕蘋上靡靡，雜石下離離。寒草分花映，戲鮪乘空移。
> 興以暮秋月，清霜落素枝。魚鳥余方翫，纓綏君自縻。
> 及茲暢懷抱，山川長若斯。〔註11〕

作者於開頭使用劉向《列仙傳‧陵陽子明》裡的神話傳說：

> 陵陽子明者，銍鄉人也，好釣魚於旋溪。釣得白龍，子明懼，解鉤拜而放之。後得白魚，腹中有書，教子明服食之法。子明遂上黃山，採五石脂，沸水而服之。三年，龍來

〔註8〕（南朝齊）謝朓：〈遊敬亭山〉，《謝宣城詩集》（臺北：廣文書局，1960年），卷三，頁6。

〔註9〕 謝朓存世的詩大約140多首，其中近50首山水詩，大多是他任職宣城太守或在往返途中所作。見胡阿祥：〈先唐時代之宣城：江南奧壤，山水詩都〉，收錄於《安徽史學》，2016年第3期，2016年5月，頁135。

〔註10〕（清）陳受培修，（清）張燾纂：《宣城縣志》，頁38。

〔註11〕 郝立權注：《謝宣城詩注》（臺北：藝文印書館，1976年），卷三，頁101～103。

迎去，止陵陽山上百餘年。山去地千餘丈，大呼下人，令
上山半，告言：「谿中子安，當來問子明釣車在否。」後二
十餘年，子安死，人取葬石山下。有黃鶴來，棲其塚邊樹
上，鳴呼子安云。

陵陽垂釣，白龍銜鉤。終獲瑞魚，靈述是修。

五石漑水，騰山乘虯。子安果沒，鳴鶴何求。〔註12〕

傳說古代有一人名子明，好釣魚，釣得白龍，懼而釋之。藉白魚腹
中之書學其道法，後白龍迎他上陵陽山，修煉百餘年仙去。故「既
從陵陽釣，挂鱗驂亦螭」以此爲典，吸引讀者目光，並創造奇異色
彩，接著以山水起筆，進以描繪自然景物，最後以山川作結。全詩
描寫生動細膩，語言清麗流暢，藉由謝朓的文字，讓我們如至宣州
句溪之下。

　　又李白〈過崔八丈水亭〉：「檐飛宛溪水，窗落敬亭雲。」〔註13〕
寫亭中所見之景，屋簷上飄灑的宛水與窗外可見的敬亭雲。但宛溪
實在宣城東邊，敬亭山在宣城北邊，兩者並未處同一地理空間，李
白運用了空間壓縮的手法〔註14〕，將原有空間中事物之實際距離大
大縮小，產生審美錯覺，形成特殊的美感效果。

二、物產資源

　　唐代是中國經濟重心南移的重要時期，值得注意的是崛起於江
南地區的宣州，這是一座新型冶金業城市，以冶金業爲龍頭，以農
業爲基礎，以手工業、商業爲雙翼帶動境內社會經濟全面興盛，文

〔註12〕（明）撰人不詳：《正統道藏》第八冊（臺北：藝文印書館，1977年），
　　　　頁6127～6128。
〔註13〕詹瑛主編：《李白全集校注匯釋集評》，頁3078。
〔註14〕空間壓縮出於時間壓縮與時間擴張同樣的美學原理，詩人們常常壓
　　　　縮現實的空間成爲詩的空間。這種詩的空間，或者是它的整體比原
　　　　有的實際生活空間爲小，或是原有空間諸事物之間的實際距離被大
　　　　大縮小，這種空間的審美錯覺，雖違反生活的常情常態，卻往往能
　　　　創造出新美的詩境，獲得不同一般的美學效果。詳見李元洛：《詩
　　　　美學》（臺北：東大圖書公司，2009年），頁336。

化繁榮、社會進步，爲全國所矚目。〔註 15〕

《新唐書》中寫道：

> 宣州宣城郡，望。土貢：銀、銅器、綺、白紵、絲頭紅毯、
> 兔褐、簟、紙、筆、署預、黃連、碌青。有鉛坑一。戶十
> 二萬一千二百四，口八十八萬四千九百八十五。縣八（有
> 採石軍，乾元二年置，元和六年廢。）宣城（望。武德三年析置懷
> 安縣，六年省。東十六裡有德政陂，引渠溉田二百頃，大曆二年觀
> 察使陳少遊置；有敬亭山。）……〔註 16〕

當時宣州上貢之物產有銀、銅器，綺、白紵、絲頭紅毯、兔褐、簟、
紙、筆等手工物品，及署預、黃連、碌青等農作物。署預通稱山藥，
碌青是顏料的一種，可入藥。由此可見，宣州物產資源豐富多樣，
並以說明了宣州農業、礦業、手工業的蓬勃發展。

以下本文筆者以農業、冶金礦業、手工業及商業運輸四部分來看
宣州之經濟發展，以及文學的對應書寫。

（一）農　業

如前文所言，宣州地理位置天然獨特，北有糧田湖泊，南有高
山丘陵，既有魚米之鄉，又有山珍野味，物產特別豐富。〔註 17〕不
過宣州的農業發展除了自然條件優越之外，也與唐代推行之均田
制、兩稅法等政策息息相關，而生產工具的改進更是影響農業生產
的重要因素。

唐代在宣州地區出現了曲轅犁（如圖 2-1-3）。它是唐代出現的
一種先進的耕地工具，它把過去長直的犁轅改爲短曲的犁轅，操縱
靈活省力，且能深耕，還有犁評控制耕地的深淺。〔註 18〕因爲較爲

〔註15〕 章小檳、周懷宇：〈唐代宣州的崛起與進步〉，收錄於（大陸）《商業
　　　　文化》（下半月），2011 年 8 期，2011 年 8 月，頁 134。

〔註16〕 （宋）歐陽脩、宋祁等奉敕撰，（清）沈德潛、葉酉等考證：《新唐
　　　　書》（上海：上海古籍出版社，1987 年），卷四十一，志第三十一〈地
　　　　理五〉，頁 607～608。

〔註17〕 石巍：〈宣州古城〉，收錄於《尋根》，2002 年第 6 期，頁 82。

〔註18〕 張陽：〈唐代宣州經濟的發展〉，收錄於《長沙大學學報》，第 26 卷

輕鬆省力，能增加工作效率，故當時被廣泛運用於宣州。

圖 2-1-3　曲轅犁

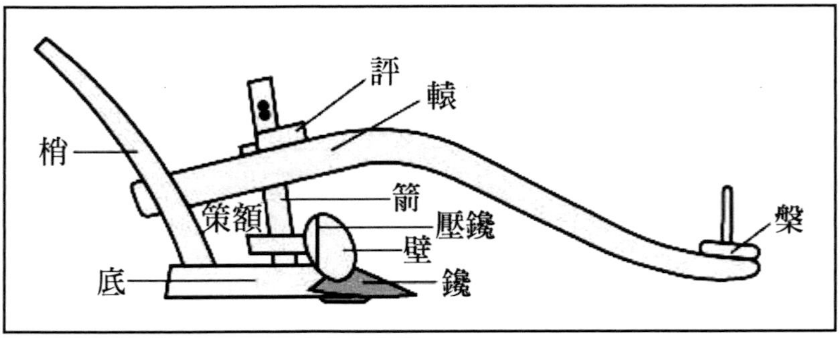

圖片來源：中國大百科全書數據庫（網路）〔註19〕

　　除了耕地工具的改進，唐代宣州地區的灌溉工具也有了新的發展，當時除了轆轤、桔橰、翻車還在普遍使用外，又創造了水車和筒車（如圖 2-1-4）。〔註20〕宋應星《天工開物》有云：「凡河濱有制筒車者，堰陂障流，遶于車下，激輪使轉，挽水入筒，一一傾于梘內，流入畝中，晝夜不息，百畝無憂。（不用水時，栓木礙止，使輪部轉動。）」〔註21〕筒車外型和紡車相似，作用也相仿，主要是利用水力旋轉將水引至高處，以增加灌溉面積。

　　　　第 4 期，2012 年 7 月，頁 83。

〔註19〕中國大百科全書數據庫（圖片）

　　　　http：//202.106.125.14：1168/indexengine/entry_browse.cbs？valueid=%
　　　　CC%C6%B3%AF&dataname=dbk2%40D%3A%5Cdabaike%5Cdbkdm
　　　　s%5Cdata%5Cbook2%5Cdbk2.tbf&indexvalue=%BB%A7%CB%B0
　　　　（上網時間：2016 年 12 月 12 日）

〔註20〕張陽：〈唐代宣州經濟的發展〉，收錄於《長沙大學學報》，第 26 卷
　　　　第 4 期，頁 83。

〔註21〕（明）宋應星：《天工開物》（臺北：臺灣商務印書館，1972 年），卷
　　　　上乃粒，頁 3。

圖 2-1-4　筒車

圖片來源：宋應星《天工開物》，頁 17。

　　雖然宣州處於江南地域，產生洪澇水災的頻率不若北方嚴重，但水利工程的興建對於農業發展與災害預防仍有其重要性。

　　當時宣州刺史裴耀卿在任上看見了南北的糧食問題，進而提出漕運改革，實行南糧北運，解決京師糧食短缺的困難。強化了與全國的經濟交流，宣州經濟隨之繁榮。如李白有〈贈宣州宇文太守兼呈崔侍御〉，歌詠宣州：「魚鹽滿市井，布帛如雲煙」，元稹有文章記載：「宣城重地，較緡之數，歲不下百餘萬。」陳少遊於大歷年間歷任宣歙、浙東、淮南三鎮觀察、節度使，史官記載說：「少遊十餘年間，三總大藩，接天下殷處厚也。」足見當時的宣歙、浙東、淮南三鎮被同等視爲財力雄厚的大鎮。〔註22〕

〔註22〕章小檳、周懷宇：〈唐代宣州的崛起與進步〉，收錄於（大陸）《商業文化》（下半月），2011 年 8 期，頁 136。

　　而宣州最有名的農產品就屬酒與茶，盛唐以紀家老叟所釀之「老春」為名酒，李白晚年常往返於宣州，或因喜愛此酒有關。上元二年（761 年）紀叟病逝，據詹瑛《李白詩文繫年》所記李白為其作〈哭宣城善釀紀叟〉詩，以表遺憾與哀悼之意。

（二）冶金礦業

　　宣州早在漢朝時，就以制作銅器聞名，唐朝據《新唐書・地理志》紀載，宣州所領的各縣中，當塗有銅鐵，南陵有銅、鐵、銀，寧國有銀，礦產豐富。

　　冶金的發展因唐代政府對於礦業開發採取開放態度，允許私人開採鑄造，使冶金礦業迅速發展，並能快速了解國內礦藏資源的大致分布位置，金屬加工製造的技術水準也更為進步，為官營冶金業提供了一定技術的官徒資源。又國家訂立了如宣州錢監、宣州銅官冶、宣州軍械作坊等相關管理機構，三者各司其職（見表 2-1-1），為宣州的金屬生產加工製造各盡其力。也因唐代宣州，擁有得天獨厚的地理位置優勢，與優良的水路運輸影響之下，給予冶金礦業優越的發展條件。〔註23〕

表 2-1-1　宣城錢監、銅官冶與軍械作坊之職別

	宣州錢監（國家錢幣製造基地）	宣州銅官冶（國家銅器製造基地）	宣州軍械作坊（國家軍械製造基地）
職能	管理鑄造錢幣，屬金融系統	管理銅器製造，涉及國家軍事、屯田乃至國計民生需求	管理軍械武器生產與製造
管理制度	國家錢幣製造機構，接受唐代金融制度和金融政策管制，其最大特點是禁止私鑄	依據唐代關於礦藏開採與冶鑄的政策精神，實行半開放式的管理制度	管理權限直接掌握在朝廷，甚至由皇帝直接關注

（根據章小檳、周懷宇〈唐代宣州的崛起與進步〉頁 135，李易臻制表）

〔註23〕詳見章小檳、周懷宇：〈唐代宣州的崛起與進步〉，收錄於（大陸）《商業文化》（下半月），2011 年 8 期，頁 134～136。

因爲當時立定了相關的冶金政策，與設立了多種管理機構，把宣州建爲國家錢幣製造、銅器製造、軍械製造三大重要基地，宣州由此成爲國家冶金業的支柱〔註24〕，也藉此帶動了宣州的社會經濟發展。

除了金屬類礦產之外，宣州也出產石材，如李白〈草書歌行〉所提：「牋麻素絹排數廂，宣州石硯墨色光。」〔註25〕可知宣州除有宣紙、宣筆聞名外，宣州之石亦可作爲硯用，故有「中國文房四寶之鄉」的稱呼。

（三）手工業

如前所述，《新唐書》中寫道宣州上貢之物產有綺、白紵、絲頭紅毯、兔褐、簟、紙、筆等物，其中以宣紙、宣筆、紫毫筆、紅線毯最能代表宣州，且爲進貢的極品。

宣州的手工藝之中，宣筆尤爲著名，且在科舉興盛的唐代，毛筆的供應量明顯增長，士子們都希望擁有一隻高質量的毛筆，此時宣筆便大顯鋒芒，其中宣州紫毫筆更是遠近馳名。〔註26〕此由唐代文人之作中也可窺知一二，如韓愈〈毛穎傳〉以寓言擬人的方式描寫宣筆，暗喻其內心之情，文末更以「秦眞少恩哉」〔註27〕作結，諷諭意味濃厚。又如中唐女詩人薛濤〈十離詩・筆離手〉所言：「越管宣毫史稱情，紅箋紙上撒（一作散）花瓊」〔註28〕，可看出當時宣筆的代表性與其普遍性。邵博《邵氏聞見後錄》有載：

〔註24〕 張陽：〈唐代宣州經濟的發展〉，收錄於《長沙大學學報》，第 26 卷第 4 期，頁 84。

〔註25〕 （唐）李白：〈草書歌行〉，（清）清聖祖御製：《全唐詩》，卷一六七，頁 1729。

〔註26〕 參照張陽：〈唐代宣州經濟的發展〉，收錄於《長沙大學學報》，第 26 卷第 4 期，頁 84。

〔註27〕 （唐）韓愈著：《韓昌黎集》（臺北：河洛圖書出版社，1975 年），頁 327。

〔註28〕 「元微之使蜀，嚴司空遺濤往事，因事獲怒，遠之，濤作〈十離詩〉以獻，遂復善焉。」出自（唐）薛濤：〈筆離手〉，（清）清聖祖御製：《全唐詩》，卷八○三，頁 9043～9044。

> 宣城陳氏，家傳右軍求筆帖，後世益以作筆名家。柳公權
> 求筆，但遺以二枝，曰：「公權能書，當繼來索，不必卻之。」
> 果卻之，遂多易以常筆。曰：「前者右軍筆，公權固不能用
> 也」。〔註29〕

宣州以陳氏製筆最負盛名，備受文人所愛，唐代書法家柳公權求陳氏筆，也僅得兩支。

至於白居易〈紫毫筆〉也提及：

> 紫毫筆，尖（一作纖）如錐兮利如刀。
> 江南石上有老兔，喫竹飲泉生紫毫。
> 宣城之（一作工）人采為筆，千萬毛中揀（一作選）一毫。
> 毫雖輕，功甚重。管勒工名充歲貢，君兮臣兮勿輕用。
> 勿輕用，將何如。願賜東西府御史，願頒左右臺起居。
> 搦一作握管趨入黃金闕，抽毫立在白玉除。
> 臣有奸邪正衙奏，君有動言直筆書。
> 起居郎，侍御史，爾知紫毫不易致。
> 每歲宣城進筆時，紫毫之價如金貴。
> 慎勿空將彈失儀，慎勿空將錄制詞。〔註30〕

詩的前半部主要寫紫毫筆的特性與製作過程，宣州一帶，自然環境適合野生長毛兔的生長，工人撿選品質優良的兔毫製成毛筆，因此種兔毛呈黑紫故名為紫毫筆。中間敘述進貢的過程與用途，最後則為描寫紫毫筆之貴重，勸君臣要珍惜此筆。此為白居易遊宣州時，對此地考察之敘事詩，屬諷諭類作品，是譏上位者失職也。

據《宋書》所記，宣州也產蠶絲。

> 宋文帝元嘉十六年，宣城宛陵廣野蠶成繭，大如雉卵，彌
> 漫林穀，年年轉盛。

> 孝武帝大明三年五月癸巳，宣城宛陵縣石亭山生野蠶，三
> 百餘里，太守張辯以聞。〔註31〕

〔註29〕邵博：《邵氏聞見後錄》（北京：中華書局，1985年），頁182。
〔註30〕（唐）白居易：〈紫毫筆〉，（清）清聖祖御製：《全唐詩》，卷四二七，頁4708。
〔註31〕（南朝梁）沈約：《宋書》（上海：上海古籍出版社，1987年），卷二

故宣州出產的紡織品豐富多樣，李白於〈贈宣城宇文太守兼呈崔侍御〉詩中也曾讚曰：「魚鹽滿市井，布帛如雲煙」〔註32〕。在唐朝前期，宣州所上貢的主要是麻織品，其中最出名的就是火麻布，被列爲唐代紡織九等當中的第一等。〔註33〕至於紅線毯亦爲宣州紡織品的代表，不僅可將其視爲唐代紡織業的進步，也爲宣州帶來不少經濟價值。此於白居易〈紅線毯〉中可見：

> 紅線毯，
>
> 擇繭繰絲清水煮，揀一作練絲練線紅藍染。
>
> 染爲紅線紅於藍一作花，織作披香殿上毯。
>
> 披香殿廣十丈餘，紅線織成可殿鋪。
>
> 綵絲茸茸香拂拂，線軟花虛不勝物。
>
> 美人踏上歌舞來，羅襪繡鞋隨步沒。
>
> 太原毯澀毳縷硬，蜀都褥薄錦花冷。
>
> 不如此毯溫且柔，年年十月來宣州。
>
> 宣城太守加樣織，自謂爲臣能竭力。
>
> 百夫同擔進宮中，線厚絲多卷不得。
>
> 宣城太守知不知？
>
> 一丈毯，千兩絲！
>
> 地不知寒人要暖，少奪人衣作地衣。〔註34〕

前三句描寫紅線毯的製作程序，可看出過程之繁複，中段敘述工匠的心血結晶不受重視，只能淪爲宮中的擺飾物，無人知其價值，最後作者以譴責語氣，對宣城太守耗盡人力物力上貢紅絲毯，以取悅上位者的作風感到不滿，並對百姓的生存處境打抱不平。此與〈紫毫筆〉同是白居易在宣州所作之敘事詩，也屬諷諭類作品，爲憂蠶桑之費也。

十九，志第十九〈符瑞下〉，頁547。

〔註32〕 詹瑛主編：《李白全集校注匯釋集評》，頁1753。

〔註33〕 張陽：〈唐代宣州經濟的發展〉，收錄於《長沙大學學報》，第26卷第4期，頁84。

〔註34〕 （唐）白居易：〈紅線毯〉，（清）清聖祖御製：《全唐詩》，卷四二七，頁4703。

於白居易的兩首敘事詩當中，我們不僅可見當時唐代宣州手工業之發達、技巧之進步與經濟之繁榮，也看見了詩人爲生民病的謳歌及對社會階層中的衝突與無奈。

書畫評論家張彥遠於《歷代名畫記・論畫體工用拓寫》提及：「好事家宜置宣紙百幅，用法蠟之，以備摹寫」。〔註35〕說明古代作畫前會先以蠟加工，因宣紙質地棉柔，堅韌，具有較強的吸墨性與膠著性，在唐代已然成爲貢品，其中以宣州涇縣製作的「宣紙」尤爲著名〔註36〕，故又名「涇縣紙」，是提供中國書畫使用的優良紙質。由宋代詩人王令〈再寄滿子權〉詩其二：「有錢莫買金，多買江東紙，江東紙白如春雲，讀君詩華宜相親。」〔註37〕宋代涇縣屬江南東路，可見至宋代宣紙需求量大增，供不應求，且紙貴如金。

（四）商業運輸

宣州擁有良好的氣候條件與豐富的物產資源，爲農業、礦業、手工業的發展奠定了基礎，這些產業的興起，帶動境內的商業經濟發展，使宣州成爲唐代重要城市之一。

商業繁榮帶動城鎮的興起，促使交通運輸的發展，宣州因爲有天然地理條件的配合，才得以帶起境內經濟成長。宣州北部地形多爲平原，陸路多半坦蕩，路旁建有亭驛，當塗有姑熟亭，宣城附近有西候亭、響山亭等〔註38〕，可作爲商旅往來的休息之處；宣州又鄰近長江，有水道相通，隨商業之發展，沿江地區漸成宣州的重要港埠。

其中宣城北門是水陸交通要道，文人雅士、官宦商旅都在此送

〔註35〕張彥遠：《歷代名畫記・論畫體工用拓寫》（北京：中華書局，1985年），頁75。

〔註36〕張陽：〈唐代宣州經濟的發展〉，收錄於《長沙大學學報》，第 26 卷第 4 期，頁84。

〔註37〕（宋）王令：《廣陵集》（臺北：商務印書館，1977 年），卷四，頁6。

〔註38〕張陽：〈唐代宣州經濟的發展〉，收錄於《長沙大學學報》，第 26 卷第 4 期，頁84。

別，因此振寧橋又名別士橋。〔註39〕見李白〈送友人〉詩：

> 青山橫北郭，白水遶東城。
> 此地一爲別，孤蓬萬里征。
> 浮雲遊子意，落日故人情。
> 揮手自茲去，蕭蕭斑馬鳴。〔註40〕

首聯先描寫自然景致，頷聯再寫出題意，由此可推首聯即言送別地點爲山水環繞之地，頸聯則是寄情於景，道出兩人感情深厚，尾聯描寫友人間難以分捨之情，尤以馬鳴蕭蕭的聽覺摹寫，更感內心分別之苦。

第二節　人文歷史

　　本節以歷史開發與人文淵源來看宣州人文歷史，首先爬梳宣州建置歷史，並附有圖片參照，接著以詩文爲例證說明宣地人文，以釐清宣州文學淵源。

一、歷史開發

　　如第一章研究義界所述，宣州的建置歷史，以縣治而觀，最早開始於戰國時代的爰陵，西漢改爰陵爲宛陵，宣城有文字記載的歷史亦是從此時開始。漢代的宣城，郡稱「丹楊」，意爲山上多柳樹，縣名「宛陵」，意爲覆草蔥鬱的水邊的陸地或高地，可見當時的宣城，確是一個自然環境優美的地方〔註41〕，直至隋代改宛陵爲宣城，同時罷廢故址在今南陵縣東弋江鎮、漢代設置宣城縣。〔註42〕

〔註39〕石巍：〈宣州古城〉，收錄於《尋根》，2002 年第 6 期，頁 83。

〔註40〕（唐）李白〈送友人〉，（清）清聖祖御製：《全唐詩》，卷一七七，頁 1804。

〔註41〕胡阿祥：〈先唐時代之宣城：江南奧壤，山水詩都〉，收錄於《安徽史學》，2016 年第 3 期，頁 132。

〔註42〕胡阿祥：〈先唐時代之宣城：江南奧壤，山水詩都〉，收錄於《安徽史學》，2016 年第 3 期，頁 131。

　　以州郡來看，由丹陽郡至宣城郡的設立，據《宣城縣志》：「宋書志晉武帝分丹陽郡」〔註43〕的記載是太康二年（西元281年），但依《晉書・地理志》：「晉武帝太康元年，既平孫氏，凡增設郡國二十有三」〔註44〕與沈約《宋書・州郡志》所記，應爲太康元年（西元280年）更名。太康元年（西元280年）正是司馬炎消滅孫吳統一中國政權之年，晉武帝在宣州建宣城郡，亦說明了宣城地位的改變。

　　六朝宣城逐漸發展成政治上的「近畿要地」，經濟上的江南沃壤，乃至文化上的宇內名邦。南京北據長江，宣城南靠群山，南京與宣城這樣相互配合的區位特點，使得在分裂動盪的六朝時代，尤其是東晉南朝時代，宣城成爲首都南京的腹地、江南平原的沃壤。〔註45〕

　　隋代改宣城郡爲宣州。唐初，置宣州，中間一度改稱宣城郡，以後復稱宣州。（見圖 2-2-1）雖宣州郡縣設置時間早，但以文人作品來看，目前留有最早題詠宣城之詩爲南朝宋袁淑的〈登宣城郡〉：「悵焉訊舊老，茲前乃楚居。十代闕州記，百祀絕方書。」〔註46〕等殘句，可見文獻了了無幾，且內容不全。

〔註43〕（清）陳受培修，（清）張燾纂：《宣城縣志》，頁24。

〔註44〕（唐）房玄齡等：《晉書》（上海：上海古籍出版社，1987年），卷十四，志第四〈地理上〉，頁239。

〔註45〕胡阿祥：〈先唐時代之宣城：江南奧壤，山水詩都〉，收錄於《安徽史學》，2016年第3期，頁132。

〔註46〕（唐）歐陽詢：《藝文類聚》（臺北：文光出版社，1974年），卷二十八，頁502。

圖 2-2-1　唐代州郡圖

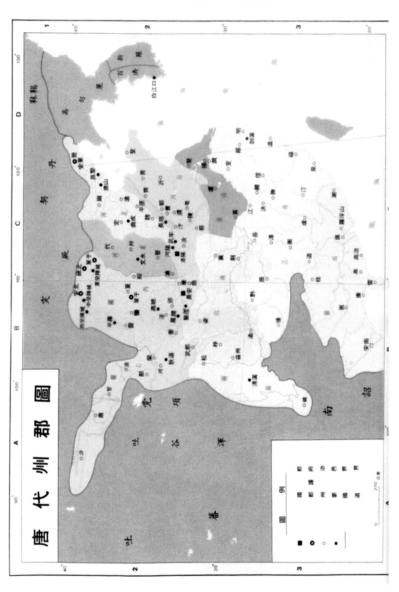

圖片來源：錢棟祥、譚松壽編著，《中國歷史地圖集》（臺北：天衛文化
圖書，1995 年），頁 46。

　　至六朝因宣城郡的設置，宣州地位提升，往來文人漸多，但除了宣州太守謝朓之外，相關文字敘述仍稍嫌不足，直至唐朝，李白才對宣州做了較完整的描寫，詩中描繪敬亭山、陵陽山、句溪、宛溪等地，皆成爲後代詩人經常吟詠之景點。如〈獨坐敬亭山〉爲描寫敬亭山的名作，後相繼有劉禹錫〈酬宣州崔大夫見寄〉：「遙想敬亭春欲暮，百花飛盡柳花初。」〔註47〕描寫敬亭暮春之景，杜牧〈題宣州開元寺水閣閣下宛溪夾溪居人〉的登臨懷古之情，次聯「鳥去鳥來山色裏，人歌人哭水聲中。」〔註48〕雖杜牧詩中未明確寫出此爲何山何水，但依其詩題及內容可推，所言之山應爲敬亭山，所寫之水應是宛溪水。

二、人文淵源

　　宣州的發展除了擁有優越的天然地理資源，歷史人文淵源更是影響宣州文學發展的重要因素，依《宣城縣志》所記〔註49〕：

> 川澤沃衍，有海陸之饒……其人君子尚禮，庸庶敦龐，故風俗澄清，而道教隆洽，亦其風氣所尚也。（隋地理志）
>
> 其土樂，其民安，其俗阜。（唐盧肇記）
>
> 阻以重山，綠以大江，其俗佻而侈，其人勁而悍，有裴耀卿者爲刺史，端本重學，宣人始服化也。（陳簡甫宣州開元以來良史記）
>
> 地廣而僻，民質而文。（元志）
>
> 山川秀麗，風氣清淑，士生其間，懷其雄偉，明經修行，習文藝于學校。（明黃宗載府學題名記）

在《隋書・地理志》中提及宣州擁有海陸資源，人民以禮相待，道教爲此地之信仰。〈盧肇記〉、《元志》及〈府學題名記〉也皆是描寫

〔註47〕　（唐）劉禹錫：〈酬宣州崔大夫見寄〉，（清）清聖祖御製：《全唐詩》，卷三六一，頁4080。

〔註48〕　（唐）杜牧：〈題宣州開元寺水閣閣下宛溪夾溪居人〉，（清）清聖祖御製：《全唐詩》，卷五二二，頁5964。

〔註49〕　（清）陳受培修，（清）張燾纂：《宣城縣志》，頁55～56。

宣州良好的山川資源，使人民安樂，生活富足，能夠學習禮教知識。而其中值得注意的是〈宣州開元以來良史記〉寫道：「其俗佻而佟，其人勁而悍」由許慎《說文解字》解，佻：愉也。佟：掩脅也。一日奢也。〔註50〕意指其風俗輕薄、不莊重，且奢靡，人民性格強悍。至唐朝裴耀卿為宣州刺史，端正此一風俗，重視教化學習，才得以使宣州人民知識教育素養提升。

　　若就民族面貌、人口遷移與風俗轉型三方面來看，應以孫吳的貢獻為大，民族間融越為漢，化南為北，破除南北地域限制。因為族群的融合、南北的流動，不僅使得宣城的語言、風俗、信仰、飲食等等方面更加豐富多樣，多方融匯，宣城的文化也獲得了長足的進步。〔註51〕

　　文學方面以謝朓影響甚深，他於任職期間遊走宣州各處，並留有諸多清麗之作。謝朓山水詩不同於魏晉講述玄理、抽象奧妙的創作，也不同於一般綺麗炫目的山水之作，而是將情感投入自然山水，以清新流利的語言描寫所見所感，強調山水和心境之結合，於作品中展現自然美，他將山水詩的創作提高至另一個境界，對詩壇有其貢獻與影響，可謂優秀的山水詩人。而謝朓對宣州的影響，除了讓其得名「謝宣城」，並於宣州建有「謝朓樓」，由此彰顯了人民對謝朓的景仰與紀念之情，往後謝朓樓也成為宣州著名的人文景觀，李白就寫有〈宣州謝朓樓餞別校書叔雲〉、〈謝公亭〉等詩來緬懷謝朓。

　　唐代宣城詩風興盛，宣城成為許多詩人關注的處所、吟詠的對象，這自然與唐代詩歌大繁榮的背景相關，更與宣城的地位，社會經濟狀況有關。……還有一個重要原因是名人效應，除了謝朓之外，當代的許多文學巨匠曾留居宣城，寫了許多歌詠宣城的詩作，由此

〔註50〕（漢）許慎：《說文解字》（天津：天津古籍出版社，1991年），卷九，人部，頁166。

〔註51〕參見胡阿祥：〈先唐時代之宣城：江南奧壤，山水詩都〉，收錄於《安徽史學》，2016年第3期，頁133。

吸引了更多來遊者，激發了後來者的遊興、詩興。〔註52〕

　　盛、中唐寓居宣州的詩人有李白、韓愈、柳宗元、白居易等人，其中李白受謝朓所影響甚深，對宣州似有其特殊情感，暮年多次居於宣州，並於此終老，作品承繼謝朓清麗天然的詩風，融入個人特色加以發展，詩句「清逸流麗」。謝朓與李白的山水詩也成爲宣州的文化特色之一。

　　晚唐詩人杜牧也曾任職於宣州，於此留有三十八首吟詠宣州山水之作。〔註53〕平日處理公務之餘，亦與好友漫遊於山川之間，或欣賞風光，或緬懷古人，如〈題宣城開元寺〉：

> 南朝謝朓城，東吳最深處。亡國去如鴻，遺寺藏煙塢。
> 樓飛九十尺，廊環四百柱。高高下下中，風繞松桂樹。
> 青苔照采閣，白鳥兩相語。溪聲入僧夢，月色暈粉堵。
> 閱景無旦夕，憑欄有今古。留我酒一樽，前山看春雨。
> 〔註54〕

首二句先介紹開元寺的位置，接著敘述寺廟的外觀與周邊景物，因爲地處偏遠，身處自然，讓人有清靜悠閒之感。值得注意之處爲首句，所言「南朝謝朓城」即是指宣州宣城，可知謝朓之於宣州的重要性。

　　杜牧在離開宣州之前留有〈自宣城赴官上京〉一作：「瀟灑江湖十過秋，酒杯無日不淹（一作遲）留。謝公城畔溪驚夢，蘇小門前柳拂頭。千里雲山何處好，幾人襟韻一生休。塵冠掛卻知閒事，終擬蹉跎訪舊遊。」〔註55〕看似筆調瀟灑地描寫山川景物，但詩中蘊含

〔註52〕湯華泉：〈唐代詩人與宣城關係考〉，收錄於《安徽大學學報》（哲學社會科學版），第32卷第1期，頁53。

〔註53〕參見湯華泉：〈唐代詩人與宣城關係考〉，收錄於《安徽大學學報》（哲學社會科學版），第32卷第1期，頁56。

〔註54〕（唐）杜牧：〈題宣城開元寺〉，（清）清聖祖御製：《全唐詩》，卷五二○，頁5947。

〔註55〕（唐）杜牧：〈自宣城赴官上京〉，（清）清聖祖御製：《全唐詩》，卷五二二，頁5965。

感慨深矣，可知杜牧與宣州之情亦深。直至晚年，杜牧仍作有相關詩文，以懷念宣城生活。

　　由上述可知宣州文風鼎盛是有其原因的，宣州擁有良好的條件，吸引文人前來並留下吟詠，後人慕先人所詠而前來並留下創作，使宣州與文學連結在一起，有了密不可分的關係，故有中國歷史文化名城之稱。

　　李白的思想創作受宣州獨有的地理環境與人文歷史影響，不僅融景入詩，為唐代的宣州留下不少題詠之作，且因謝朓與宣城關係密切，李白又傾慕其清麗自然的詩風，而有所承繼，由此可看出宣州與李白的情感連結堪稱緊密。

第三章　宣州詩之內容展現及特點

　　承前所論，因宣州獨有的地理景觀及歷史文化，讓歷代遊歷於此的文人留下了不少吟詠作品，李白晚年亦常漫遊於此〔註1〕。由安旗《李白年譜》及王琦〈李太白年譜〉中對於〈自梁園至敬亭山見會公談陵陽山水兼期同遊因有此贈〉詩之注解可見：

> 李白宣城之遊自此始。詩中有句云：「敬亭愜素尚，弭棹流清輝。冰谷明且秀，陵巒抱江城。」顯係初遊。〔註2〕

> 獨孤及〈送李白之曹南序〉曰：「出車桐門，將駕於曹。送子何所，平臺之隅。」合上一詩（〈留別曹南羣官之江南〉），則公之行蹤由梁園而曹南，由曹南旋反，遂往宣城，然後遊歷江南各處。爾後往來宣城不只一次，而其始遊則自茲時始矣。〔註3〕

「顯係初遊」、「始遊則自茲時始」等言，說明李白初次遊訪宣州應是天寶十二載（七五三年），然於詹瑛《李白詩文繫年》與黃錫珪

〔註1〕據第一章緒論中研究範圍所述，本論文研究之李白宣州詩，以黃錫珪《李太白年譜》、詹瑛《李白詩文繫年》、安旗《李白年譜》及王琦的李太白年譜四本相互對照所選，其創作時間爲天寶十二載（七五三年）、天寶十四載（七五五年）、至德元載（七五六年）、上元二年（七六一年）、天寶十三載（七五四年）及寶應元年（七六二年）皆爲晚年之作。

〔註2〕安旗、薛天緯：《李白年譜》（濟南：齊魯書社，1982年），頁85。

〔註3〕瞿蛻園校注：《李白集校注》，附錄一年譜（王琦），頁1765。

《李太白年譜》中卻載，〈南陵別兒童入京〉是李白於天寶初年，由會稽入京，行至南陵，與妻兒相別而作。南陵於唐屬宣州宣城郡，顯示李白應於天寶十二載前就曾至宣州，似可推翻安旗與王琦之說。以上兩者說法明顯有出入，故李白初至宣州之年可再商榷。〔註4〕

　　不過若單就李白宣州詩來看，仍以天寶十二載（七五三年）所作之詩最多〔註5〕，除了受安史之亂的影響〔註6〕，似可見宣州對於李白有其特殊情感。是被宣州山水所吸引，受其所感產生情景交融；或因好酒而流連此地；或因結交當地名人以欲拔擢上位；抑或因傾慕先賢而同情共感，值得探究。

　　綜觀李白一生，無非幾件大事。一是功名，二是遊歷，三是求仙，四是交友，五是飲酒。〔註7〕故本章以詩人在宣州主要的創作內容分為「宣州景致，山水有情」、「宣地名物，產酒之地」、「宣州交遊，良朋知己」及「離亂酬贈，愁苦終生」四部分討論之，冀能對李白宣州詩有多一層的探究。

第一節　宣州景致，山水有情

　　宣州地理風土有其天然獨到之處，也是吸引文人前來的一大特點，本節以討論李白如何將宣州景致放入其詩中，及產生何種情感作用。首先討論因所見之景進而產生情感連結之作，接著論述詩人

〔註4〕〈南陵別兒童入京〉作於天寶初年，若就詹瑛《李白詩文繫年》與黃錫珪《李太白年譜》所載應列入討論，但如緒論所言，本論文研究範圍以四本年譜對照為準，聚焦於天寶十二載（七五三年）至寶應元年（七六二年）李白晚年之作，故不將此詩納入討論範圍中。

〔註5〕由附錄二李白宣州詩列表中可見，多數集中於天寶十二載（七五三年）李白五十三歲時所作，共有22首，佔總研究之詩約六成。

〔註6〕夏敬觀《李太白研究》頁315中寫到，李白的主要創作活動在安史之亂之前，且經參照陳伯海《唐詩學引論》頁105中亦把安史之亂作為唐詩創作的一個重要分界，可知安史之亂不但影響了社會經濟政治，唐代文壇亦因其動搖而轉變。

〔註7〕史仲文：《中國隋唐五代文學史》（北京：人民出版社發行，1994年），頁95。

將其情感寓於山水之作。

一、由景生情興致好

　　漫遊是唐代文人的特殊生活方式，也是影響其詩歌創作的重要因素。從總體上看，唐代寒士詩歌發興多端，視野廣闊，表現真切，寄慨深沉，駕軼前朝而雄視後代，同文人長期漫遊在外，富於生活實感分不開。〔註 8〕而李白詩清新自然，受佛道影響，對於山水描摹具有浪漫色彩，例如〈自梁園至敬亭山見會公談陵陽山水兼期同遊因有此贈〉：

> 我隨秋風來，瑤草恐衰歇。中途寡名山，安得弄雲月？
> 渡江如昨日，黃葉向人飛。敬亭愜素尚，弭棹流清輝。
> 冰谷明且秀，陵巒抱江城。粲粲吳與史，衣冠耀天京。
> 水國饒英奇，潛光臥幽草。會公真名僧，所在即爲寶。
> 開堂振白拂，高論橫青雲。雪山掃粉壁，墨客多新文。
> 爲余話幽棲，且述陵陽美。天開白龍潭，月映清秋水。
> 黃山望石柱，突兀誰開張？黃鶴久不來，子安在蒼茫。
> 東南焉可窮？山鳥飛絕處。稠疊千萬峯，相連入雲去。
> 聞此期振策，歸來空閉關。相思如明月，可望不可攀。
> 何當移白足，早晚凌蒼山？且寄一書札，令余解愁顏。

由詩題可知，此爲李白至宣州與僧人會公談論陵陽山水之美，〔註 9〕前十句點出時間，知作者初至宣州時是秋季，見敬亭山之素麗而使李白駐足。「粲粲吳與史」至「墨客多新文」在描寫此地人文薈萃，有

〔註 8〕陳伯海：《唐詩學引論》，頁 48。
〔註 9〕安旗注：「陵陽山所在，其說不一。《元和郡縣志》謂在涇縣西南一百三十里。《江南通志》謂自池州石臺（按及石埭）縣西北迤邐而來，三峯連亙，東接宣州。嘉靖《寧國府志》謂宣州之山最近而尊者莫如陵陽山，自敬亭坡陀而南，隱起爲三峯：第一峯府治據之。第二峯在府治西南，就建譙樓其上。……第三峯在府治北。當是此山自池州石埭縣西北至宣州宣城北，綿亙數百里。宣城內外所謂陵陽以及城北之敬亭皆其餘脈，而在涇縣西南一百三十里則其主峯也。詩中所言陵陽山水當是指其主峯而言。參見詹瑛主編：《李白全集校注匯釋集評》，頁 1796～1797。

高官也有名僧，以「水國饒英奇，潛光臥幽草」來稱讚會公〔註10〕，「開堂振白拂，高論橫青雲。雪山掃粉壁，墨客多新文。」寫其受文人墨客景仰之況。「爲余話幽棲」至「相連入雲去」爲會公所言陵陽之美，月映於清澈的白龍潭水，黃山與石柱山山勢高聳壯麗，嚴羽批：「東南焉可窮」以下四句從鳥飛絕處去，乃見窮嶮。〔註11〕筆者則將此視爲形容山水佳境無窮無盡。「黃鶴久不來，子安在蒼茫」運用仙人子安乘黃鶴而去之神話〔註12〕，展現山水之妙。末段「聞此期振策」言李白聞此之景，欲策杖而遊。

在此詩裡，除了稱頌會公，也在描寫陵陽的山水美景，藉由詩句讓讀者如臨其境，而作者於詩中加入了神話故事，又多了些奇幻的氛圍，可看出李白受道家思想的影響。〔註13〕如阮廷瑜《李白詩論》所言：「仙乃青蓮詩之標誌；言仙，借以抒不遇之懷；託仙，方得遠蹈忘世，放懷自遣；求仙，示不肯與世爲伍。」〔註14〕由此可見李白藉由縱情山水、求道成仙暫時脫離世事之意。

接著於〈題宛溪館〉亦是描寫景色之美：

> 吾憐宛溪好，百尺照心明。何謝新安水，千尋見底清。
> 白沙留月色，綠竹助秋聲。卻笑嚴湍上，于今獨擅名。

宛、句二水爲宣州的重要資源，歷代文人多將二者入詩，李白也不例外。宛溪於宣城東門外，據《李白安徽詩文校箋》：「宛溪館，原

〔註10〕「水國饒英奇」句出自南北朝詩人范雲〈古意贈王中書〉：「岱山饒靈異，沂水富英奇。」見（明）馮惟訥：《古詩記》（上海：上海古籍出版社，1987年），卷八十七，頁112。

〔註11〕詹瑛主編：《李白全集校注匯釋集評》，頁1803。

〔註12〕「黃鶴久不來，子安在蒼茫」與〈登敬亭山南望懷古贈竇主簿〉「白龍降陵陽，黃鶴乎子安」同是使用子安乘黃鶴去之神話。又《南齊書・州郡志下》中云：「夏口城據黃鵠磯，世傳仙人子安乘黃鵠過此上也。」因仙人子安乘黃鵠過此，故名黃鶴樓。

〔註13〕李白的文化思想雖以儒家主導，但也雜採了佛道思想於其中，除了擁有儒者濟世救人的入世精神外，又擁有求仙信道的出世思維，因此在其山水作品之中可見神仙法術等奇妙的浪漫色彩。

〔註14〕阮廷瑜：《李白詩論》（臺北：國立編譯館，1986年），頁18。

位於安徽宣州市宛溪上游西岸，今圮。」〔註15〕首句就言明詩人對宛溪的喜愛，溪水之清明並未遜於新安水〔註16〕，不只照人亦可照心。頷聯寫出秋夜裡宛溪與沙月相映之景，與岸上綠竹相接之聲。末聯所言「嚴湍」又名子陵湍、子陵灘、嚴光瀨、嚴陵瀨，據《水經注‧漸江水》：「桐廬縣自縣至於潛，凡十有六瀨。第二是嚴陵瀨。瀨帶山，山下有石室，漢光武帝時，嚴子陵之所居也。故山及瀨皆即人姓名之。」〔註17〕因此末二句在言宛溪之美可與嚴湍相比，如同李白可比於嚴子陵一般，為一高士。

　　此詩簡白易懂，如嚴羽評：「清淺如溪流，使人可掬。」〔註18〕直述宛溪之美又與他水相比，更能展現其獨特超群之處。同日本學者近藤元粹《李太白詩醇》卷五中所言：「明雋清圓，兼得象外之趣。」〔註19〕李白語言清新自然，敘述流暢，尤以頷聯描寫之妙，生動地寫出宛溪景致，最後也藉景生情，將自身與嚴子陵產生連結。

　　再來看〈過崔八丈水亭〉：

　　　　高閣橫秀氣，清幽併在君。簷飛宛溪水，窗落敬亭雲。

　　　　猿嘯風中斷，漁歌月裏聞。閑隨白鷗去，沙上自為羣。

崔八丈是何人於文獻中並未得解，今有二說：疑是崔氏昆季中之一人〔註20〕，或為崔成甫之叔伯輩。〔註21〕雖無法確認崔八丈之身分，但對於此詩讀解並未產生難處，故先不置於本論文討論範圍。首聯二句，分別描寫亭閣之開闊與八丈之清幽；頷聯則寫言水亭飄灑宛溪水和窗外可見敬亭雲；頸聯續寫敬亭山裡猿嘯斷於風中，夜裡可

〔註15〕詹瑛主編：《李白全集校注匯釋集評》，頁 3604。

〔註16〕（新安水）東經遂安縣南，溪廣二百步，上立杭以相通。水甚清深，潭不掩鱗，故名新安。見《古今圖書成成》山川典卷二八三，頁 2579。

〔註17〕（北魏）酈道元：《水經注》（臺北：臺灣商務印書館，1697 年），卷四十，頁 586。

〔註18〕詹瑛主編：《李白全集校注匯釋集評》，頁 3606。

〔註19〕詹瑛主編：《李白全集校注匯釋集評》，頁 3606。

〔註20〕見詹瑛主編：《李白全集校注匯釋集評》，頁 3078。

〔註21〕見瞿蛻園校注：《李白集校注》，頁 1258。

聞宛溪上有漁歌；末聯則云李白隨沙鷗而去的物我兩忘之情。若分
首二聯與末二聯來看，前寫水亭之景，後寫亭外之景。亭中亭外之
景兼具，且意味深長，可謂李白取景恰到好處，爲其之高明也。

　　其中此詩最爲歷代文人所論的是「簷飛宛溪水，窗落敬亭雲。
猿嘯風中斷，漁歌月裏聞」二聯，如嚴評本載明人批〔註22〕：「起句
高超雋妙，三、四秀氣，五、六清幽。」〔註23〕認爲頸、頷二聯各
有其妙。在《唐宋詩舉要》中，吳（汝綸）針對頸聯二句也云：「雄
闊奇肆。」〔註24〕同前所述，除了李白描寫之景致壯闊，宛溪及敬
亭實未處於同一地理位置，詩人將其相提而論，是以運用空間壓縮
之藝術手法。故在《唐詩分類繩尺》有：「太白於事情景象夙興，意
興契合，故信口道來，皆入妙品。」〔註25〕之說，嚴羽亦評：「取境
甚夷，不求高亦不墮下一格，此正太白以淺近勝人之處。」〔註26〕
可見李白敘事取景之功力，不但自然流暢，且手法巧妙，不落俗套。

　　除了描寫遊於宣州山水的怡然自得，李白也有觸景生情的思念
之聲，如〈寄當塗趙少府炎〉：

　　　　晚登高樓望，木落雙江清。寒山饒積翠，秀色連州城。
　　　　目送楚雲盡，心悲胡雁聲。相思不可見，迴首故人情。

此題所言之趙少府炎，應與〈當塗趙炎少府粉圖山水歌〉、〈送當塗
趙少府赴長蘆〉二詩同指一人，爲天寶年間當塗縣尉，與李白交往
甚密。〔註27〕首聯描寫登樓遠眺所見，樹木蕭瑟而落，江水清澈透
明。開首二句即言明，作詩於秋冬之際，在秋風颯颯登高而望，心
情冷落平靜，對於自然景物的動靜更加敏感。且古代文人常藉由登

〔註22〕南宋嚴滄浪、劉會孟點評《李杜全集》本，以下簡稱「嚴評本」。其
　　　　中「嚴評本載明人批（評）」是嚴滄浪、劉會孟點評《李太白集》時，
　　　　載明人之評語。
〔註23〕詹瑛主編：《李白全集校注匯釋集評》，頁3079。
〔註24〕陳伯海編：《唐詩彙評》，頁701。
〔註25〕陳伯海編：《唐詩彙評》，頁701。
〔註26〕詹瑛主編：《李白全集校注匯釋集評》，頁3079。
〔註27〕參見瞿蛻園校注：《李白集校注》，頁858。

高望遠以抒懷，如謝榛《詩家直說》所言：「凡登高致思，則神交古人，窮乎遐邇，繫乎憂樂，此相因偶然，著形絕跡，振響於無聲也。」〔註28〕劉勰《文心雕龍》亦說：「原夫登高之旨，蓋睹物興情，情以物興。」〔註29〕需要注意的是，同是登高，但內心的情感卻不盡相同，有傷春悲秋之感，懷古追思之情，或者懷想故鄉友人之心，抑或是超脫避亂之思等。李白屬於何種情思，單看首聯並未得知。由續寫眼前之景，寒山饒於積翠，秀色連乎州城，望見如此美景應是心境超脫愉悅。但頷聯一轉「目送楚雲盡，心悲胡雁聲」藉由見楚地之雲及聞胡雁之聲兩種感官描寫，道出心情傷悲。末聯才言有如此之感，是因遙想趙少府卻無法相見。由此見之，此詩為李白登高懷友之作。

嚴評本載明人批：「輕快不可當。」與應時《李詩緯》言：「渾化無痕，出以輕清。」又首四句──「四句即景漫興。」〔註30〕認為此詩節奏輕快，語言流暢，以景興發，此為李白寫作特色，雖寫愁苦，但不為苦悶，而有恣意超脫之情。

接著看另一首〈宣城見杜鵑花〉：

　蜀國曾聞子規鳥，宣城還見杜鵑花。

　一叫一回腸一斷，三春三月憶三巴。

詹鍈主編之《李白全集校注匯釋集評》認為此詩當是太白於天寶十四載遊宣城時所作。但據安旗《李白年譜》、詹鍈《李白詩文繫年》、黃錫珪《李太白年譜》及王琦李太白年譜所記，李白於天寶十四載遊宣城之時應是冬季，所言與詩句不符。〔註31〕見安旗《李白年譜》所記：「公元762年，代宗寶應元年，李白六十二歲，暮春，最後一

〔註28〕（明）謝榛著，李慶立、孫慎之箋注：《詩家直說箋注》（濟南：齊魯書社，1987年），卷三，頁330。

〔註29〕（南朝梁）劉勰：《文心雕龍》（臺北：臺灣商務印書館，1697年），卷二〈詮賦〉，頁13。

〔註30〕詹鍈主編：《李白全集校注匯釋集評》，頁1982。

〔註31〕可參照附錄一。

次出遊。三月到宣城。作〈宣城見杜鵑花〉。」〔註 32〕此詩時節與所載內容相符，因此筆者採信後者說法。

子規鳥，又名杜鵑、杜宇。揚雄《蜀王本記》有一神話故事，相傳杜鵑鳥爲古蜀王杜宇之魂所化，於暮春之際，日夜啼鳴，其音似「不如歸去」，淒厲悲傷。直至啼血，染紅花朵，故名此花爲杜鵑。李白遊於宣州之時恰巧見盛開之杜鵑，藉由杜鵑所蘊藏的文化意涵，觸動了詩人的思鄉之情，《升庵詩話》中即提：「此太白寓宣州懷西蜀故鄉之作也。」〔註 33〕首二句藉由杜鵑鳥與杜鵑花，將故國之蜀地與現居之宣城巧妙連結在一起，除了有感官的描寫，也有今昔的對照，內容多彩豐富。後二句則寫在春暖花開的三月時節，經由回想杜鵑鳥啼叫的淒苦動人，使詩人產生故國之思。末句所言「三巴」爲巴郡、巴西、巴東，皆在今四川境內〔註 34〕，與首句「蜀國」呼應。此詩作於安史之亂後，李白面對國家破碎、民生凋蔽的情形，於異鄉見杜鵑，內心哀戚的情感不禁流瀉而出，如嚴羽評此詩：「出太白，如此猶不惡。」〔註 35〕說明李白雖用簡明的字詞，簡短的詩句，但情感的傳遞並不限於字詞之中，詩中充分彰顯其思鄉之情，有「言有限，意無窮」之感。

以上兩首詩皆是因見宣州之景而生思念之情，〈寄當塗趙少府炎〉是登高而望憶起故友趙少府，〈宣城見杜鵑花〉則是見杜鵑花而懷鄉，兩者寄情對象雖不相同，但卻同是將其深刻的情感寓於詩句當中，留下眞切的情思。

二、寄情於景味深長

前一部分「由景生情」主要討論的是，因所見山水之景觸動其情

〔註 32〕安旗、薛天緯：《李白年譜》，頁 112。
〔註 33〕（明）楊愼著，王仲鏞箋證：《升庵詩話箋證》（上海：上海古籍出版社，1987 年），頁 221。
〔註 34〕詹瑛主編：《李白全集校注匯釋集評》，頁 3636。
〔註 35〕詹瑛主編：《李白全集校注匯釋集評》，頁 3637。

感經驗，進而產生另一情感的過程。在這一部分「寄情於景」則是指詩人有意識地將所欲表達的情感，藉由對景色的描寫寄託於詩句之中。如〈寄崔侍御〉：

> 宛溪霜夜聽猿愁，去國長如不繫舟。
> 獨憐一雁飛南海，卻羨雙溪解北流。
> 高人屢解陳蕃榻，過客難登謝朓樓。
> 此處別離同落葉，朝朝分散敬亭秋。

據詹瑛主編《李白全集校注匯釋集評》所言，此詩寫於天寶十二載暮秋，白自宣城之金陵，此詩當為宣城別崔侍御成甫之作。〔註36〕首聯首句直言愁，尤以霜夜聽見宛溪猿聲使其愁，「去國」為不得已，「不繫舟」則道出自身飄忽不定的處境。頷聯自言如一雁南飛，只能羨慕宛、句雙溪向北流，而產生自憐，有南去而思朝廷之意。頸聯「高人屢解陳蕃榻」以陳蕃為喻，謂宇文太守屢延崔成甫。〔註37〕「過客」意指李白與崔成甫，兩人皆為宇文太守之客，今難得同登謝朓樓。末聯言此次相別如落葉分散於敬亭之秋，言離別之情，因古時交通不便，分別之後往往不知何時能再相見，故有此感慨。

此詩與〈寄當塗趙少府炎〉所言登樓懷友的思念之情有所不同，除了離別的傷感，又多了些超脫，如同訴說於此處分別者並不只有吾等二人，無須太過傷悲。

《聞鶴軒初盛唐近體讀本》評此詩：「宛溪聽猿，愁心頓起，看『霜夜』字，更覺情淒。『北流』用對『南海』，則『流』字坐實。末壓『秋』字，從『落葉』生情。」〔註38〕李白的用字遣詞精確，讓內容蘊含深意。嚴羽亦云此為：「律中清商」。〔註39〕如集合南北

〔註36〕詹瑛主編：《李白全集校注匯釋集評》，頁2067。
〔註37〕《後漢書‧徐穉傳》載：「時陳蕃為太守，以禮請署功曹，穉不免之，既謁而退。蕃在郡不接賓客，唯穉來特設一榻，去則懸之。」出自（南朝宋）范曄：《後漢書》（上海：上海古籍出版社，1987年），卷八十三，頁160。
〔註38〕陳伯海編：《唐詩彙評》，頁663。
〔註39〕陳伯海編：《唐詩彙評》，頁663。

各代俗樂的清商樂，意在抒發淒涼哀傷的情感之作。詩中也寫到宛溪、句溪、敬亭山及謝朓樓等宣州地理名景，運用宣州特有景致與其情感相連，可謂手法絕妙，故嚴評本載明人批：「絕穩妙律，不知何為不入選。」〔註40〕

再來看〈登敬亭山南望懷古贈竇主簿〉：

> 敬亭一迴首，目盡天南端。仙者五六人，常聞此遊盤。
> 谿流琴高水，石聳麻姑壇。白龍降陵陽，黃鶴呼子安。
> 羽化騎日月，雲行翼鴛鸞。下視宇宙間，四溟皆波瀾。
> 汰絕目下事，從之復何難。百歲落半途，前期浩漫漫。
> 強食不成味，清晨起長歎。願隨子明去，鍊火燒金丹。

由題可知，李白登高又與前者懷友、送別之詩不同，此為懷古欲贈於竇主簿之作。首四句言於敬亭山回首一望，可看盡天之南端，見者廣也，聽聞有仙人常遊於此。接著敘述琴高乘鯉入水，麻姑修煉升壇，子明釣得白龍而放之，子安乘黃鶴而去等古人成仙之事。嚴評本載明人批：「仙人五六人」六句──「六句敘仙事勻淨有次第。」〔註41〕且「谿流琴高水」四句說明了「仙人五六人」之聞。再者描寫羽化成仙後則可馳乘日月，周遊四方。下觀人間之事，仍舊紛亂擾嚷。此十二句在寫李白登高懷古之思。後則表示己欲同仙人般離塵脫俗，但回首自身已過半百，前途渺茫，尚有漫漫長路，恐力有未逮。〔註42〕故食不知味，晨起興嘆。願隨子明居於陵陽，煉丹成仙。此言詩人因現實之苦，而欲求道成仙。

此詩由敬亭山登高為首，望遠懷古，不單單寫景，所言之景更皆與仙人相關，詩中充滿濃厚的道教色彩。如前所述，李白雖有儒家的濟世想法，但事與願違受世事阻撓之時，求道成為了他精神上的寄託，望能藉此暫時遠離塵世以擺脫紛亂的思緒。如葉嘉瑩所

〔註40〕詹瑛主編：《李白全集校注匯釋集評》，頁2070。

〔註41〕詹瑛主編：《李白全集校注匯釋集評》，頁1855。

〔註42〕據安旗《李白年譜》、詹瑛《李白詩文繫年》、黃錫珪《李太白年譜》及王琦李太白年譜，認為此詩應於李白五十三歲時所作，詳見附錄二。

言：「在古代，求隱和求仙常常是結合起來的，古人往往把求仙作為失望於塵世之後的精神寄託。……他（李白）既失望於世，又不能棄世；既不能棄世，又懷有對神仙的嚮往；既懷有對神仙的嚮往，又明白求仙之事的虛妄。」〔註43〕由此可見，詩中雖未明言，但藉由對神仙道術的嚮往之情，亦可知其內心矛盾之苦。

　　上述二首皆描寫李白所遇之苦，但〈寄崔侍御〉是以自然景物來襯托內心情感與敘述處境艱難，〈登敬亭山南望懷古贈竇主簿〉則是運用神話與道教求仙之事以擺脫現實之苦。而除了以景訴苦之餘，李白也有藉景言其閒適之心，如〈獨坐敬亭山〉：

　　　　眾鳥高飛盡，孤雲獨去閒。相看兩不厭，只有敬亭山。

此詩可以說是歷代吟詠敬亭山之作中的名作，不但讓敬亭之名廣為人知，也是認識宣州的重要作品之一。故僅二十字的五言絕句，卻時常為歷代文人所論且評解甚多。由字面上讀來，前兩句描寫於敬亭所見之景，後二句則言獨坐敬亭之感。而對於「眾鳥」與「孤雲」之解有以下幾種說法〔註44〕：

　　　　王堯衢《唐詩合解》卷四：——「此為『獨』字寫照。眾鳥喻世間名利之輩，皆得意而盡去。」次句——「此『獨』字與上『盡』字應，非題中『獨』字也。『孤雲』喻世間高隱一流，雖與世相忘，尚有去來之跡。」

　　　　俞陛雲《詩境淺說續編》：「前二句以雲鳥為喻，言眾人皆高取功名，而己獨幽然自遠。」

　　　　〔日〕碕允明《箋注唐詩選》：「山上獨坐幽寂之際，但鳥與雲可愛也，然皆去而不留。」

第一認為雲、鳥相對，以喻逐利之徒與清流之輩。第二則視雲、鳥相同，皆為得取名利而去之人。第三種為日本學者所言，認為雲、鳥皆去而不留。此三種說法各有其理，但筆者認為以王堯衢《唐詩

〔註43〕葉嘉瑩：《葉嘉瑩說初盛唐詩》（北京：中華書局，2008 年），頁 251。
〔註44〕詹瑛主編：《李白全集校注匯釋集評》，頁 3339～3340。

合解》來解讀此詩較爲合適,「眾鳥」顯其之多,「孤雲」言其之寡,應是各有不同追求目標的兩群人,雖是鳥飛雲去,卻不應將兩者混爲一談,至於日本學者碃允明則僅就字面內容而述,未考慮中國文學的文化內涵,此種解說稍嫌淺薄。雖說學者們對於前兩句內容解讀上有些歧異,但後兩句的解說卻趨於一致〔註45〕:

> 王堯衢《唐詩合解》卷四:末二句——「此二句才是『獨』字,鳥飛雲去,眼前並無別物,惟看著敬亭山;而敬亭山亦似看著我,兩相無厭,悠然清淨,心目開朗,於敬亭山之外,尚安有堪爲晤對哉!深得『獨坐』之神。」

> 俞陛雲《詩境淺說續編》:後二句以山爲喻,言世既與我相遺,爲敬亭山色,我不厭看,山亦愛我。夫青山漠漠無情,焉知憎愛?而言不厭我者,乃太白憤世之深,願遺世獨立,索知音於無情之物也。」

> 〔日〕碃允明《箋注唐詩選》:二物不相厭者,只有我與敬亭山耳。以山爲有情,妙境無極。」

此詩前二句是鋪陳,後二句才是實寫獨處之境。因首二句寫敬亭山上鳥雲盡去之狀,可見其獨。末二句李白卻不寫獨之孤苦,反而轉於獨處的自然閑靜,且以和敬亭山相看爲喻,言唯有山懂詩人的孤單心境,產生同情共感。多數學者認爲此爲李白超脫閒適之作,俞陛雲則認爲李白似乎以山之有情對照世之無情,若有於世不得出的苦悶。筆者認爲兩者說法並無對錯,由李白的生平際遇言,皆可通,故持可相互參考的保留態度。

李白以精鍊的語言描寫登敬亭所見之景,訴說內心之感,除了詩句內容廣受議論之外,也獲得不少佳評:

> 《唐詩歸》:鍾云:胸中無事,眼中無人。〔註46〕

> 應時《李詩緯》卷四:「只論氣概,固當首推。」〔註47〕

〔註45〕詹瑛主編:《李白全集校注匯釋集評》,頁3339~3340。
〔註46〕陳伯海編:《唐詩彙評》,頁731。
〔註47〕詹瑛主編:《李白全集校注匯釋集評》,頁3338。

　　　　徐用吾《精選唐詩分類評釋繩尺》:「此所謂天然去雕琢
　　　　者。」〔註48〕

認爲李白於詩中文字自然無過多雕飾以展現其閒暇隱逸,不只描寫
山水之物,且景中含情,爲一佳作,故能於眾多題詠敬亭山中的作
品中,超脫出群,爲人所見。

　　又〈當塗趙炎少府粉圖山水歌〉中亦有閒適之感:

　　　　峨眉高出西極天,羅浮直與南溟連。
　　　　名公繹思揮彩筆,驅山走海置眼前。
　　　　滿堂空翠如可掃,赤城霞氣蒼梧煙。
　　　　洞庭瀟湘意渺綿,三江七澤情洄沿。
　　　　驚濤洶湧向何處,孤舟一去迷歸年。
　　　　征帆不動亦不旋,飄如隨風落天邊。
　　　　心搖目斷興難盡,幾時可到三山巔。
　　　　西峰崢嶸噴流泉,橫石蹙水波潺湲。
　　　　東崖合沓蔽輕霧,深林雜樹空芊綿。
　　　　此中冥昧失晝夜,隱几寂聽無鳴蟬。
　　　　長松之下列羽客,對坐不語南昌仙。
　　　　南昌仙人趙夫子,妙年歷落青雲士。
　　　　訟庭無事羅眾賓,杳然如在丹青裡。
　　　　五色粉圖安足珍,真仙可以全吾身。
　　　　若待功成拂衣去,武陵桃花笑殺人。

此爲天寶十四載李白五十五歲往來宣州時,爲當塗縣尉趙炎所寫。
《繫年》:「按趙炎於天寶十五載春間流往炎方,太白有〈春於姑孰
送趙四流炎方序〉,此首與〈送當塗趙少府赴長蘆〉二詩之作當在其
前。」〔註49〕故此與〈寄當塗趙少府炎〉、〈送當塗趙少府赴長蘆〉
除了所指同一人外,也爲同年所作。如題所言,本詩爲歌詠趙少府
畫以粉圖之上的山水畫作。首八句以「峨眉山、羅浮山、赤城山、
蒼梧山」述趙少府所繪山形壯闊翠麗,山水相連之狀,如置眼前,

〔註48〕詹瑛主編:《李白全集校注匯釋集評》,頁3338。
〔註49〕詹瑛主編:《李白全集校注匯釋集評》,頁1146。

同沈德潛《唐詩別裁》卷六評「驅山」句：「畫筆如眞。」〔註 50〕再以「洞庭、瀟湘、三江七澤」水之清澈綿延爲喻，形容趙少府畫工精妙，神思皆寓於山水畫中。「驚濤洶湧向何處」六句言畫中波濤洶湧，孤舟飄落，欲與仙遊，卻不知何時可至的心情。此爲寫畫，但言景逼眞，如置讀者於畫中。「西峰崢嶸噴流泉」六句在寫畫中東西山峰之間，泉石相疊，流水潺湲，樹木蓊鬱，以致於山中不能辨別晝與夜，且寂靜得不見蟬鳴鳥叫之聲。「長松之下列羽客」六句爲李白因畫想起南昌仙人，讚趙少府如粉圖中所畫之仙人般嶔崎磊落，但如「五色粉圖安足珍」至末句所言，要成爲眞仙才能長生超俗，然光陰無情，故勸趙少府應盡早同仙歸隱。

從開首可見李白於此詩中使用大量山水景物形容畫作之舉，雖層層堆疊，卻不致雜亂無章，如朱金城曰：「終以羽仙武陵是歸之主者。雲煙、草木、舟帆、泉鳥，雜然布置，情思流動，辭氣激揚。初看若無統紀，細玩則界線分明，有如韓信用兵而多多益善也。」〔註 51〕反而別有一番趣味。全詩也展現了觀圖慕仙的悠暢情懷，在歌詠趙少府之作，也「寫畫似眞」或「以眞爲畫」的讓讀者隨其所言遊於山水中。故《李太白詩醇》有言此詩：「明雋清圖，頓得象外之趣。」〔註 52〕安磐《頤山詩畫》也評：「題畫詩……次惟太白，如《族弟燭照山水畫歌》、《當塗趙炎少府粉圖山水歌》，全篇飛動跌宕，眞名筆也。」〔註 53〕

接著來看李白藉景物來稱頌他人之作，如〈贈宣州靈源寺仲濬公〉〔註 54〕：

〔註50〕（清）沈德潛選注：《唐詩別裁》（臺北：臺灣商務印書館，1978 年），卷六，頁 59。

〔註51〕詹瑛主編：《李白全集校注匯釋集評》，頁 1154。

〔註52〕陳伯海編：《唐詩彙評》，頁 633。

〔註53〕詹瑛主編：《李白全集校注匯釋集評》，頁 1154。

〔註54〕蕭本、朱本、王本作「仲濬公」，兩宋本、繆本、咸本作「沖濬公」，雖有不同，但與〈聽蜀僧濬彈琴〉當爲同一人，並無疑義。

　　　　敬亭白雲氣，秀色連蒼梧。下映雙溪水，如天落鏡湖。

　　　　此中積龍象，獨許澄公殊。風韻逸江左，文章動海隅。

　　　　觀心同水月，解領得明珠。今日逢支遁，高談出有無。

與〈聽蜀僧濬彈琴〉詩參看之，可知仲濬公為蜀國僧人，後駐於宣州靈源寺。此詩作於天寶十二載秋，李白初遊宣州之時。首四句寫宣州山水自然之景，以敬亭山與湖南蒼梧山（九嶷山）相提，形容其山勢綿延，青翠山色映於雙溪之水中，藉由蒼梧山與雙溪水襯托出敬亭山之壯麗，也描繪雙溪清澈如鏡的樣貌。詩人不僅將宣州名景都寫入，展現出各自的獨特樣貌，又能將其巧妙的連結在一起，故嚴羽評：「描寫雲天水色，作一合相，如此幻現。」〔註55〕「此中積龍象」至末句，則言靈源寺雖匯聚高僧，但仲濬公特殊超群，無論是風采還是文采皆名震四海，對於佛理之理解滲透甚精，更讚其如東晉名僧支遁，給予仲濬公極高的評價。

　　此為贈詩，故全詩可見李白對仲濬公的讚揚，詩中除藉由山水寫脫俗之境，也運用「龍象」〔註56〕、「水月」〔註57〕、「明珠」〔註58〕、「有無」等佛教之語，故章繼光〈李白與佛教思想〉〔註59〕一文中認為此詩為宣揚佛教空無觀念之作。

　　同樣是讚揚僧人又有〈送通禪師還南陵隱靜寺〉：

　　　　我聞隱靜寺，山水多奇蹤。巖種朗公橘，門深杯渡松。

　　　　道人制猛虎，振錫還孤峯。他日南陵下，相期谷口逢。

〔註55〕詹瑛主編：《李白全集校注匯釋集評》，頁1839。

〔註56〕佛經中稱高僧為「龍象」。如《舊華嚴經》七曰：「威儀巧妙最無比，是名龍象自在力。」《中阿含龍象經》曰：「為佛大龍象。」參見詹瑛主編，《李白全集校注匯釋集評》，頁1837。

〔註57〕佛經中常以「水中月」與夢、幻、泡、影、露、電、焰、鏡中像、芭蕉心等意象並舉，以喻事物之虛妄不實。如《大智度論》：「解了諸法，如幻如焰，如水中月。」出自朱國能：〈李白與佛教〉，《靜宜人文學報》第16卷第1期，2004年。

〔註58〕王（琦）云：「明珠喻菩提大道也。」見瞿蛻園校注，《李白集校注》，頁805。

〔註59〕章繼光：〈李白與佛教思想〉，李白研究學會編：《李白研究論叢》（第二輯）（四川：巴蜀書社出版，1990年6月），頁51～52。

此為天寶十二載李白初至宣城，送通禪師回隱靜寺之作。王云：「《太平府志》：隱靜寺在繁昌縣東南二十里隱靜山，一名五峯寺。山有碧霄、桂月、鳴磬、紫氣、行道五峯，寺當五峯之會。」〔註60〕因為隱靜所處地理位置特別，故有山水軼事，李白也略有所聞，如頷聯「巖種朗公橘，門深杯渡松」此留有僧人朗公所種之橘、杯渡所植松樹等事，用此說明並印證首聯所言的「山水多奇蹤」，而此二句又以「深」字與「種」字顯現出「松」與「橘」的差別，並將松樹堅忍的意象於「深」字中展現，故嚴評本載明人批：「深字好」。〔註61〕頸聯寫離別之時，李白稱通禪師為可制伏猛虎的高僧，如今要振錫回寺。末聯言別後希望能再於南陵相見的期待。

　　此詩值得注意之處是，雖然此為送別分離的作品，但卻未見依依不捨之情與飲酒餞別之事，與其說是礙於篇幅未寫，筆者則認為是因為送別對象的緣故，雖不知兩人交情深淺，但可知送別對象是禪師，故詩中運用朗公、杯渡與其相襯，用振錫而歸寫出其身分，文句之中多了些佛教高僧的沉靜氛圍。

　　〈贈宣州靈源寺仲濬公〉與〈送通禪師還南陵隱靜寺〉二詩，一為贈詩，一為送別詩，但皆是以景物來描寫或讚揚其對象，且因對象皆為僧人、禪師，於用字遣詞而至內容呈現皆有佛教色彩於其中。

　　由上述可知，無論「由景生情」或是「寄情於景」，寫景與抒情並非畫分為兩截，此即王夫之所謂「情景名為二，而實不可離」，凡是佳作則景中含情，詩人立象以盡意，讀者須理會探求象外之意。〔註62〕

〔註60〕瞿蛻園校注：《李白集校注》，頁 1049。
〔註61〕詹瑛主編：《李白全集校注匯釋集評》，頁 2488。
〔註62〕李錫鎮：〈從互文現象論李白與謝朓的關係〉，收錄於《成大中文學報》，第二十期，2008 年 4 月，頁 166。

第二節　宣地名物，產酒之地

　　中國文人與「酒」之間緊密的關係，可以說是中國文學的特徵之一。酒是生活中的調劑，可以助興暢心，也能解憂消愁。故歷代文人雅士無不愛酒，即使不善飲，也會時常談論之。李白被稱作「酒仙」，可知其好飲，酒能使其作品增添不同的色彩，在半醉半醒之際，能夠解放壓抑心中的情感，道出真實想法，也能觸發創作的靈感，藉由豐富的想像力將作品提升至另一境界。

　　宣州產酒，又有善釀之紀叟，故李白晚年常至宣州，於此亦留下了飲酒詩。而本節所選之詩為廣義的飲酒詩，藉「酒」本身或與酒相關之人、事、物，來抒發作者情感，將酒視為一個託寓的媒材，酒並不一定為全詩的重點。以下以酒的功能分為濾情、遣懷、助興三部分討論之。

一、酒濾離情不造作

　　古人分離後因交通不便、訊息傳遞不易等原因，很容易因此斷了音訊，故古人對於別離會更加重視與傷感。李白也是一樣，在與友人分別之時，會設酒餞別，並作詩來寄託心中之情。首先來看〈送崔氏昆季之金陵〉：

　　　　放歌倚東樓，行子期曉發。秋風渡江來，吹落山上月。
　　　　主人出美酒，滅燭延清光。二崔向金陵，安得不盡觴。
　　　　水客弄歸棹，雲帆卷輕霜。扁舟敬亭下，五兩先飄揚。
　　　　峽石入水花，碧流日更長。思君無歲月，西笑阻河梁。

此詩為天寶十二載，李白於宣州送崔氏兄弟至金陵之作。陳懷心《李白飲酒詩研究》中提及，李白認為飲酒固然是讓生理上得到享受，會產生飄然欲仙的快感；只是飲酒要講究環境與氣氛，享受來自酒以外的美，卻是歷史上少有的。〔註63〕本詩前半部分「放歌倚東樓」至「安得不盡觴」在描寫餞別酒宴的情形就頗有此意。於東樓之上

〔註63〕陳懷心：《李白飲酒詩研究》（高雄：中山大學中國文學系碩士論文，2003 年），頁41。

大聲以歌，寫出宴會開心放鬆。接著以「秋風」與「吹落山月」點出季節與時間，可知酒宴已至月落天明。能夠如此盡興，除了「美酒」，更是因為主人以最誠摯的心待客，才能夠賓主盡歡，徹夜至曉，可見得當時氣氛之好，在此亦可看出李白與崔氏兄弟之間深厚的友誼，故嚴羽批：「眞情不必造作。」〔註64〕後半部分「水客弄歸棹」至末句則言與崔氏兄弟離別時的情形。二崔將行，雖然扁舟仍在敬亭，但候風以備，縱使雙方未準備好分離，卻被催促著要人速行，此有急迫的焦慮感。最後寫出分別後李白心欲與他倆同行，但卻苦不能往，留有感慨與不捨之情。

　　同樣是以酒寫離別不捨之詩，又如〈宣城送劉副使入秦〉：
君即劉越石，雄豪冠當時。淒清橫吹曲，慷慨扶風詞。
虎嘯俟騰躍，雞鳴遭亂離。千金市駿馬，萬里逐王師。
結交樓煩將，侍從羽林兒。統兵捍吳越，豺虎不敢窺。
大勳竟莫敘，已過秋風吹。秉鉞有季公，凜然負英姿。
寄深且戎幕，望重必台司。感激一然諾，縱橫兩無疑。
伏奏歸北闕，鳴騶忽西馳。列將咸出祖，英寮惜分離。
斗酒滿四筵，歌嘯宛溪湄。君攜東山妓，我詠北門詩。
貴賤交不易，恐傷中園葵。昔贈紫騮駒，今傾白玉卮。
同驩萬斛酒，未足解相思。此別又千里，秦吳眇天涯。
月明關山苦，水劇隴頭悲。借問幾時還，春風入黃池。
無令長相思，折斷綠楊枝。

如《新唐書·百官志》所記，節度使之下有副使一人，同節度副使十人，又安撫使、觀察使、團練使、防禦使之下，皆有副使一人。〔註65〕劉副使名字不詳。雖不知其名，但對於本詩的理解並無影響，故筆者先不探究。首八句由〈橫吹曲〉、〈扶風詞〉等作，虎嘯雞鳴的比喻，與千金買馬、萬里逐師的行為，雖為誇飾，但卻充分展現其神韻風采，及欲濟世平亂的雄心壯志，此以喻劉副使同晉朝

〔註64〕詹瑛主編：《李白全集校注匯釋集評》，頁2488。
〔註65〕（宋）歐陽脩、宋祁等奉敕撰，（清）沈德潛、葉酉等考證：《新唐書》，卷四十九，志第三十九下〈百官四下〉，頁5。

劉越石般雄豪。〔註66〕「結交樓煩將」六句，言劉副使之功，能運用勇猛精銳的士兵捍衛所屬之地，讓吳越之地盡無窺視之徒，有此大功但卻未被封賞，是爲可惜。其中「已過秋風吹」句應是暗指劉副使未獲獎肯之事，而不是單指時節而言，秋風已過進入冬季。「秉鉞有季公」六句，換言宣州刺使季廣琛之功，形容其亦是英勇善戰，朝廷寄予厚望之人，如今劉副使受其接引入朝，是爲感激。嚴羽批：「感激」、「縱橫」二句──「眞有胸懷。」〔註67〕表現出劉副使終受肯定的欣喜。「伏奏歸北闕」十句寫劉副使將奏功入朝，故設宴慶祝與其餞別。「君攜東山妓，我詠北門詩」以對比方式展現兩人際遇之殊，自身仍是懷才不遇，但交友不應因身分貧富而有別，就算往後發展不同，兩人情誼如舊，可以看出李白待友眞切。「昔贈紫騮駒」到末句以寫兩人於餞別宴之上，雖然飲酒歡樂，但將千里相別，互道歸期，離情別緒盡在不言中。

此詩除了藉由餞別飲酒表達了不捨的離情，更運用了水月有情來形容內心的悲苦，最後也將折柳送行的文化意象帶入詩中。因此詩爲上元二年，李白六十一歲時所作，與〈送崔氏昆季之金陵〉相比，可見李白經過人生的歷練後，不僅內容選材更加豐富，情感層次也更爲提升。

然離別不是只有悲傷不捨的情感，同是餞別之作，李白亦有展現歡喜自適之情的詩，如〈餞校書叔雲〉：

> 少年費白日，歌笑矜朱顏。不知忽已老，喜見春風還。
> 惜別且爲懽，徘徊桃李間。看花飲美酒，聽鳥臨晴山。
> 向晚竹林寂，無人空閉關。

此爲天寶十二載李白餞別其叔之詩。首四句寫出時間流轉的快速，回想起少年時虛度光陰，每於歌舞酒宴之中，歡樂得不知歲月已過，

〔註66〕《晉書·劉琨傳》：「劉琨，字越石。……琨少得儁朗之目，與范陽祖納俱以雄豪著名。」出自（唐）房玄齡等：《晉書》，卷六十二，列傳第三十二，頁1。

〔註67〕詹瑛主編：《李白全集校注匯釋集評》，頁2582。

老之將至，如今看來雖有歲月消逝、年華老去的感慨，但並不若其他作品的傷春悲秋，陷入自憐自悲的情感之中，而是「喜見春風還」認爲春天雖去，但仍會復還，似也可喜。嚴羽也批：首四句——「今昔無限情態，盡此四句。」〔註68〕由此可以看見李白豁達的心境。接著「惜別且爲懽」四句寫兩人於餞別宴之上的情形，雖將別離，但因人生苦短，分別後也不知道何時能再相見，不如及時行樂，一同於美景之下飲酒爲樂，享受自然之景，蟲鳴鳥叫。最後以「向晚竹林寂，無人空閉關」〔註69〕，藉竹林七賢阮咸、劉伶二人之事，寫李白與叔離別後的狀況，等到各自而歸，方才發現少了相娛相遊之伴，獨留自己一人，產生失落之感。

此詩展現之情感較爲明朗開闊，但也內涵深情，在寫景造境的配合之下，與前二首餞別之作相比有不同的韻味。因此《唐宋詩醇》卷七認爲此詩：「落落有風致。」〔註70〕展現李白率眞的風采神韻，嚴評本載明人批：「任意寫去，然亦自乾淨，情境亦恰好。」〔註71〕言李白不刻意雕琢詩句，情感表達流暢，景物描寫自然之特色，甚至嚴羽評：「結意最幽，收盡許多情境。極矜束，極寬宕，既雅且異，餞送詩斯爲第一。」〔註72〕認爲情境豐富，頗有深意，給予餞別詩第一的高度評價。

接著看〈送當塗趙少府赴長蘆〉：

我來揚都市，送客回輕舠。因誇楚太子，便觀廣陵濤。
仙尉趙家玉，英風凌四豪。維舟至長蘆，目送煙雲高。
搖扇對酒樓，持袂把蟹螯。前途儻相思，登嶽一長謠。

〔註68〕詹瑛主編：《李白全集校注匯釋集評》，頁2525。
〔註69〕《晉書·阮籍傳》頁5附阮咸傳：「咸任達不拘，與叔父籍爲竹林之遊。」與顏延之《五君詠·劉參軍》：「劉靈（伶）善閉關，懷情滅聞見。」出自（南朝梁）蕭統編：《昭明文選》（北京：新華書店，1990年），卷二十一，頁289，所記。
〔註70〕詹瑛主編：《李白全集校注匯釋集評》，頁2526。
〔註71〕詹瑛主編：《李白全集校注匯釋集評》，頁2526。
〔註72〕詹瑛主編：《李白全集校注匯釋集評》，頁2525～2526。

由題可知，此為李白送趙少府至長蘆赴官之詩。此與〈寄當塗趙少府炎〉、〈當塗趙炎少府粉圖山水歌〉二首皆為天寶十四載所作，但三首體裁與內容皆不同，〈寄當塗趙少府炎〉是五言律詩，〈當塗趙炎少府粉圖山水歌〉是七言古詩，本首是五言古詩。〈寄當塗趙少府炎〉以宣州山水寫對趙少府的思念，〈當塗趙炎少府粉圖山水歌〉則是藉由趙少府的山水壁畫，言寫其歸隱之心，及志遊山水的道教情懷。首二句寫送別情形，李白自揚州至當塗為趙少府送行，可以見知兩人感情之好。因言及楚太子之事〔註73〕，便前往觀江濤。「仙尉趙家玉」中所言「仙尉」與〈當塗趙炎少府粉圖山水歌〉之「南昌仙」相同，皆在稱讚趙少府如仙人也，次句續言趙少府英氣風骨更勝戰國四公子。今將赴任長蘆，兩人於分別之際尚能「搖扇對酒樓，持袂把蟹螯」自當是人生樂事。如《世說新語‧任誕》：「畢茂世云：『一手執蟹螯，一手執酒杯，拍浮酒池中，便足了一生。』」〔註74〕最後兩句又寫出古人登高懷想故友的情感抒發方式，並將兩人的友誼之情寄於歌謠之中，情如音不絕也。

　　此詩與〈宣城送劉副使入秦〉同皆是贈別友人至他地赴官，而〈宣城送劉副使入秦〉所展現的心情較為沉重不捨，可能是已至晚年，卻仍無法一展抱負，而生落寞之情。與前者相比，嚴評本載明人批：「亦有逸氣，然微覺草草。」〔註75〕筆者以為李白於此雖有分離之不捨，但多是對劉副使的稱讚與表達其欣喜之意，情感層次較為單純明朗。

　　同樣是分別之情，前四首皆是李白替他人送別時所作，再來看李白與他人告別之作〈別韋少府〉：

〔註73〕枚勝：〈七發〉：「楚太子有疾，吳客往問之……客曰：『將以八月之望，與諸侯遠方交遊兄弟，並往觀濤乎廣陵之曲江。』」出自（南朝梁）蕭統編：《昭明文選》，卷三十四，頁474～478。
〔註74〕（南朝宋）劉義慶：《世說新語》（臺北：臺灣商務印書館，1968年），頁181。
〔註75〕詹瑛主編：《李白全集校注匯釋集評》，頁2289。

西出蒼龍門，南登白鹿原。欲尋商山皓，猶戀漢皇恩。
水國遠行邁，仙經深討論。洗心句溪月，清耳敬亭猿。
築室在人境，閉關無世諠。多君枉高駕，贈我以微言。
交乃意氣合，道因風雅存。別離有相思，瑤瑟與金樽。

天寶十二載，韋少府爲宣州縣尉，李白欲離開宣州時作此詩以告
之。前四句寫雖欲如商皓一般歸隱，但仍心懷抱負之事。「水國遠
行邁」六句在寫李白的生活，討論仙經，靜心觀水月聽猿聲，嚴羽
評：「洗心」二句——「清人、逸人自見，月如水，聞猿忘愁。」〔註
76〕認爲遊於山水間有超脫解憂的功能，且順筆將宣州名勝句溪水與
敬亭山帶入詩中，在此閒逸的生活就如同陶淵明所言：「結廬在人
境，而無車馬喧。」〔註77〕只要心靜就算所處環境喧鬧也不會受其
干擾。「多君枉高駕」至末句言對韋少府的感謝與別離的相思，認爲
韋少府不爲利所交，是眞誠與之交往，兩人意氣相投，故於離開宣
州之時，見精美高貴的「瑤瑟金樽」，讓詩人更生不捨相思之情。此
飲酒詩不直言酒與離別，而是藉由末句的嵌玉之瑟及鑲金之杯，描
繪古人以雅樂與美酒設宴的贈別之俗，亦是展現了韋少府待友之眞
情。

　　中國古代因爲交通不便且幅員廣大，在與親友離別之後，時難
聯繫，因此對於分別會更加傷感，更加珍惜彼此相見之時。而分離
雖然悲傷，但同在一土地之上，只要有心克服路途障礙，還是能再
次相見，然若是對方離世，則眞的是天人永隔，無法再相見，只能
藉由回憶去思念對方了。〈哭宣城善釀紀叟〉即與前者飲酒餞別不
同，是悼念亡友而作：

紀叟黃泉裏，還應釀老春。夜臺無曉日，沽酒與何人。
一作〈題戴老酒店〉云：
戴老黃泉下，還應讓大春。夜臺無李白，沽酒與何人。

〔註76〕詹瑛主編：《李白全集校注匯釋集評》，頁2239。
〔註77〕（東晉）陶淵明：〈飲酒〉之五，袁行霈：《陶淵明集箋注》（北京：
　　　　中華書局，2003年），頁247。

紀叟名不詳，只知其為宣州善釀美酒之匠。李白好酒，故紀叟之死，使其在宣地無法再嚐美酒，以致十分惋惜傷痛，故作此詩。

　　此詩有兩種版本，嚴羽評：「『大春』不如『老春』，『無李白』，妙。既云「夜臺」，何必更言「無曉日」耶？」又云：「與『稽山無賀老』用意同。狂客、謫仙，飲中並歌，白視世間，惟我與爾。」又云：「鬼窟亦居勝地，傲甚！達甚！趣甚！」〔註 78〕認為次句用老春之酒名比大春更適合，更能顯現釀酒師的長年以來的功力。且第三句「夜臺無曉日」邏輯不通，陰間本來就無天明之時，其中除了以夜臺指墳墓，道出好友已故的事實，也由末句「沽酒與何人」可見李白的自傲、通達與寫作之趣。又《李太白全集》王琦注：《楊升庵外集》：〈哭宣城善釀紀叟〉，予家古本作「夜臺無李白」，此句絕妙，不但齊一生死，又且雄視幽明矣。昧者改為「夜臺無曉日」，「夜臺」自無「曉日」，又與下句「何人」字不相干。甚矣，士俗不可以醫也。〔註 79〕更清楚的說明，除了「夜臺無曉日」似有邏輯之誤外，作「夜臺無李白」文學效果與情感更佳，在嘆世上少了一個善釀之匠，並展現不知還能向誰沽酒之怨情。黃周星《唐詩快》亦言：「長安是有酒仙，夜臺豈無酒鬼？然酒仙則詩仙，酒鬼非詩鬼也，則老春誰許擅沽？此叟竟打斷主顧矣。」〔註 80〕當中亦展現李白的傲氣，似乎他是紀叟釀酒唯一的對象，只有他能懂得紀叟所釀之美酒，酒也因為他而有價值。

　　經由以上論述，筆者認為「夜臺無李白」確實較「夜臺無曉日」之句更加適當，其展現李白的性格與作品的絕妙，不但顯現其豪爽直白之性，其實亦見兩人惺惺相惜之情。也因末二句的點化，讓此弔詩不僅有生離死別的悲傷情緒，更增添了另外的趣味。

〔註 78〕詹瑛主編：《李白全集校注匯釋集評》，頁 3759。
〔註 79〕陳伯海編：《唐詩彙評》，頁 736。
〔註 80〕詹瑛主編：《李白全集校注匯釋集評》，頁 3759。

二、酒以遣懷有逸氣

　　除了離別之時會設酒宴以餞別之外，酒尚有解憂之用。古代文人常藉由飲酒來消愁，讓酒精暫時麻痺自己，以逃離現實的艱苦，因此飲酒亦是一種能排解內心憂愁，重要的紓壓方式。葉嘉瑩認為：「在李白的詩中，凡是寫『酒』的時候往往同時也寫『愁』。」〔註81〕以下來看〈宣城九日聞崔四侍御與宇文太守遊敬亭余時登響山不同此賞醉後寄崔侍御二首〉（其一）：

> 九日茱萸熟，插鬢傷早白。登高望山海，滿目悲古昔。
> 遠訪投沙人，因爲逃名客。故交竟誰在？獨有崔亭伯。
> 重陽不相知，載酒任所適。手持一枝菊，調笑二千石。
> 日暮岸幘歸，傳呼隘阡陌。彤襜雙白鹿，賓從何輝赫！
> 夫子在其間，遂成雲霄隔。良辰與美景，兩地方虛擲。
> 晚從南峰歸，蘿月下水壁。卻登郡樓望，松色寒轉碧。
> 咫尺不可親，棄我如遺舄。

由題可知，「九日」點出時間，「登響山」點明大意，故此爲李白天寶十二年秋，初至宣城正逢重陽佳節所作。首四句寫重陽頭插茱萸、登高飲酒的風俗，除有趨吉避凶，尚有長壽之意。〔註82〕但此時李白卻只見自己容顏已老，兩鬢發白之狀，儘管是佳節美景也無法抒發心中鬱悶，只憶起昔日之悲。「遠訪投沙人」四句，在寫自己的處境之難，南至宣州，所見故友也僅有崔侍御一人。「重陽不相知」二句如題，因一在敬亭，一在響山，雖同是登高飲酒，但彼此不相見。「手持一枝菊」六句爲李白想像崔侍御與宇文太守二人於敬亭山遊玩之樂，應是賓客眾多，熱鬧非凡，眾人開心宴飲至日暮之狀。「夫子在其間」四句道出李白心中之落寞，雖然敬亭與響山相距不遠，但此時因心境的不同，兩地卻成了千里之隔，就連身旁有再好的時

〔註81〕葉嘉瑩：《葉嘉瑩說初盛唐詩》，頁253。
〔註82〕《藝文類聚》卷八九〈木部〉：「《荊楚紀》曰：九月九日，配茱萸，食蓬餌，飲菊花酒，令人長壽」又卷四引《風土記》：「九月九日律中無射而數九，俗尚此月，折茱萸房以插頭，言辟除惡氣而禦初寒。」見（唐）歐陽詢：《藝文類聚》，頁2289、148。

機與景致也是虛度浪費。「晚從南峰歸」四句敘述自己從響山離開的
情形，因為心情沉悶且天色漸晚，周遭事物似乎染上了寒冷憂傷之
氣。末二句在控訴與崔侍御儘管距離相近，仍舊被棄如敝屣。

　　嚴評本載明人評尾句：「一席不同，何便云棄如遺（舄），亦覺
太重。」〔註83〕覺得李白對崔侍御的指責太重，筆者認為雖然詩人
於此用詞較為強烈，情感較為激動，但如題所言，此詩為李白「醉
後」而作，以李白豪放不拘的性格口出此言，儘管稍嫌不得體，但
也真實呈現他心中真正的想法，因此筆者覺得並無不妥。

　　上述為李白於重陽登高飲酒之時，訴說自身處境艱難，抒發個
人悲怨愁緒之作。接著看〈書懷贈南陵常贊府〉：

　　歲星入漢年，方朔見明主。調笑當時人，中天謝雲雨。
　　一去麒麟閣，遂將朝市乖。故交不過門，秋草日上階。
　　當時何特達，獨與我心諧。置酒凌歊臺，歡娛未曾歇。
　　歌動白紵山，舞迴天門月。問我心中事，為君前致辭。
　　君看我才能，何似魯仲尼？大聖猶不遇，小儒安足悲！
　　雲南五月中，頻喪渡瀘師。毒草殺漢馬，張兵奪雲旗。
　　至今西二河，流血擁僵屍。將無七擒略，魯女惜園葵。
　　咸陽天下樞，累歲人不足。雖有數斗玉，不如一盤粟。
　　賴得契宰衡，持鈞慰風俗。自顧無所用，辭家方未歸。
　　霜驚壯士髮，淚滿逐臣衣。以此不安席，蹉跎身世違。
　　終當滅衛謗，不受魯人譏。

本題所寫之「常贊府」雖不知其明確生平事蹟，但可知與〈於五松
山贈南陵常贊府〉為同一人，且據《容齋隨筆》所記：「唐人呼縣
令為明府，丞為贊府。」〔註84〕大概可知其官職。前十句為李白回
顧其求官入仕的過程。天寶元年受玄宗徵詔入京，在滿心抱負，欲
展鴻圖之際，卻受逢迎拍馬的小人之輩所害，賜金放還，除了與朝
廷市肆日漸相違，連故友也較無往來，只有如常贊府的超群之士，

〔註83〕詹瑛主編：《李白全集校注匯釋集評》，頁2064。
〔註84〕（宋）洪邁：《容齋隨筆》（臺北：大立出版社，1981年），卷一〈贊
　　　　公少公〉，頁4。

才能與己心靈相契合。筆者認爲此部分李白除了描述自己求官之路的不順遂，也表達了對於當時社會動盪的憂心，與急切的濟世之心。「置酒凌歊臺」十句寫與常贊府相會宴飲的情形，除了描寫兩人飲酒歌舞之樂，也道出受讒去官後，僅能藉酒爲樂，以暫時忘卻心中鬱悶。而當人問起心中沉悶之事時，則以聖賢孔子都未能順心如意爲喻，說明自身之情況，此語不但說明人生的無奈，亦有自我安慰之情。「雲南五月中」十二句在寫當時社會之紛亂，征戰頻繁，血流成河的慘況，又逢作物歉收，人民飽受饑饉之苦。「賴得契宰衡」二句寫雖然世事動盪，但尚有賢明的宰相能夠穩定國政，關心人民疾苦，「自顧無所用」至末句言李白於此仍抱持雄心，辭家南遊宣城，希望能夠效法孔子，不顧他人的詆毀也要盡一己之力。

　　與〈宣城九日聞崔四侍御與宇文太守遊敬亭余時登響山不同此賞醉後寄崔侍御二首〉（其一）相互對照，二詩同是藉酒抒發個人失意的苦悶，但此詩不僅言自身不遇之悲，更擴及對天下事之憂，展現的情感與境界都比前詩略高一籌。

　　再來看〈經亂後將避地剡中留贈崔宣城〉：

雙鵝飛洛陽，五馬渡江徼。何意上東門，胡雛更長嘯。
中原走豺虎，烈火焚宗廟。太白晝經天，頹陽掩餘照。
王城皆蕩覆，世路成奔峭。四海望長安，頻眉寡西笑。
蒼生疑落葉，白骨空相弔。連兵似雪山，破敵誰能料？
我垂北溟翼，且學南山豹。崔子賢主人，歡娛每相召。
胡牀紫玉笛，卻坐青雲叫。楊花滿州城，置酒同臨眺。
忽思剡溪去，水石遠清妙。雪盡天地明，風開湖山貌。
悶爲洛生詠，醉發吳越調。赤霞動金光，日足森海嶠。
獨散萬古意，閑垂一溪釣。猿近天上啼，人移月邊棹。
無以墨綬苦，來求丹砂要。華髮長折腰，將貽陶公誚。

以詩題及年譜繫年來看，此詩爲安史之亂爆發，李白欲往剡中避難，離開前以告崔宣城之作，此與〈江上答崔宣城〉所言爲同一人。首句至「破敵誰能料」李白即寫避難的原因爲安祿山叛變，當時國家

喪亂，王城傾倒，宗廟毀壞，民不聊生，白骨遍野的慘況，在此混亂之際，只能隱身避亂。嚴評本載明人批：首數句──「此敘猶未爲工，『焚宗廟』太直。」又云：「起得聳拔奇警，遂覺精彩異常。」〔註85〕吳昌祺《刪定唐詩解》卷二亦言：「起得悲壯。」〔註86〕中國人重視祖先祭祀，有慎終追遠、不忘本的思想，故用以祭祀祖先的「宗廟」，在中國文化之中意義更爲重大，因此焚毀宗廟是何等大事。儘管李白於此言詞較直白激烈，但也藉此寫出當時戰爭造成社會混亂的程度。綜觀學者所評，筆者認爲於開首部分，無論是強烈的用詞，還是悲慘的情況，皆已引起讀者注意，也爲此詩作了破題。「我垂北溟翼」八句言李白在艱難患難之時與崔宣城相遇，崔宣城召其一同宴飲娛樂，並於暮春之際一起登臨遠眺。「忽思剡溪去」十二句爲登臨後所想剡地之好，有山水美景於其中，能藉由歌曲言異鄉之樂，生活簡樸自然，亦能超脫世俗以解憂。嚴羽尤言：「忽思剡溪去」四句──「一派空明，置身其中，可使形神俱化。」〔註87〕李白於此寫景有天地開闊，悠閒寧靜之感，也與前半部分的叛變戰亂的情景作了強烈的對比。末四句爲勸崔宣城於此社會動盪之際，應辭官引退，與己一同隱身山林、修身學道才是明智之舉。

　　「酒」在此詩之中，不是重要角色，但也說明了其遣懷解憂的功用，在社會動盪不安時，能夠有安身之地，與友宴飲爲樂，是當珍惜。讀此詩除了藉由李白之筆可見安史之亂時的戰爭紛亂情形，亦可得知李白於此紛亂之中理想的山林生活樣貌，故《唐宋詩醇》有言：「奇辭絡繹，行以蒼峭之氣，直達所懷，絕無長語。謝脁驚人，故此不減。」〔註88〕稱讚此作情感技巧使用之高明。

〔註85〕詹瑛主編：《李白全集校注匯釋集評》，頁 1867。
〔註86〕詹瑛主編：《李白全集校注匯釋集評》，頁 1867。
〔註87〕詹瑛主編：《李白全集校注匯釋集評》，頁 1867。
〔註88〕陳伯海編：《唐詩彙評》，頁 652。

三、酒以助興示豪放

對於有「酒仙」、「詩仙」之名的李白來說，在飲酒之際，靈感與情思常是一傾而下的流洩出來，有「李白一斗詩百篇」〔註89〕的說法。因此除了與友人離別，設以酒宴餞別，用以濾情；在壯志難伸，人生悲怨之時，用以遣懷之外；尚能於酒酣耳熱之時，有助興暢心之用。如：〈九日登山〉

> 淵明歸去來，不與世相逐。爲無杯中物，遂偶本州牧。
> 因招白衣人，笑酌黃花菊。我來不得意，虛過重陽時。
> 題輿何俊發，遂結城南期。築土按響山，俯臨宛水湄。
> 胡人叫玉笛，越女彈霜絲。自作英王冑，斯樂不可窺。
> 赤鯉湧琴高，白龜道冰夷。靈仙如仿佛，奠酹遙相知。
> 古來登高人，今復幾人在？滄洲違宿諾，明日猶可待。
> 連山似驚波，合沓出溟海。揚袂揮四座，酩酊安所知。
> 齊歌送清揚，起舞亂參差。賓隨落葉散，帽逐秋風吹。
> 別後登此臺，願言長相思。

由詩題及內容來看，此詩與〈宣城九日聞崔四侍御與宇文太守遊敬亭余時登響山不同此賞醉後寄崔侍御二首〉應是同是天寶十二載九九重陽日之作。首六句懷想陶淵明於重陽節之時，因不願爲俸祿屈身，辭官而歸，原無酒可飲，但受江州刺史所贈，得以賞菊飲酒而醉。嚴評本載明人批「爲無」二句：「說得淵明低了。」〔註90〕筆者以爲陶淵明給人清高脫俗的印象，性格逍遙自適，李白以此形容有平易近人之感，並無貶低不妥之處。「我來不得意」十句將描寫重點拉回李白自身，反觀自己仕途不順，於重陽之日，望能藉由響山、宛水的自然美景，胡越的外族音樂等外在感官刺激，以脫內心之沉鬱。前半部分合而論之，李白以己與陶淵明相比，雖所處不同時，

〔註89〕「李白一斗詩百篇，長安市上酒家眠。天子呼來不上船，自稱臣是酒中仙。」見（唐）杜甫：〈飲中八仙歌〉，（清）清聖祖御製：《全唐詩》，卷二一六，頁2259。
〔註90〕詹瑛主編：《李白全集校注匯釋集評》，頁2930。

但於生命歷程來看，兩人同是仕途不如意之人，於此重陽之日登高飲酒，似與陶淵明產生了情感上的連結，由此也可見時空的轉換變化。「赤鯉湧琴高」四句以若見琴高與冰夷二仙人之事，表達其慕仙之心。「古來登高人」四句更感嘆人不如仙能長生，故李白日後有志從仙。在此部分李白藉由「仙」來表達其對理想境界的傾慕，以抒其現世不遇之懷，亦是展現不願與世推移的傲氣。「連山似驚波，合沓出溟海」二句在形容山水的壯麗，以內容看之，此二句與前後文意表達上不太通暢，似有斷裂、缺漏之疑。其中「合沓出溟海」是謝朓〈敬亭山〉：「合沓與雲齊」〔註91〕詩句之化用，可以看出謝朓能掌握敬亭山高聳特色，妥切形容其山勢樣貌，而李白則藉由山水相映以顯響山之壯闊，對於宣州景緻觀察入微，將山水景物完整呈現於讀者眼前。「揚袂揮四座」六句寫登高宴飲之樂，眾人黃湯下肚，半醉半醒間，隨心歌唱起舞，賓主盡醉而歸。末二句似有感而發所言，望日後同行之人尚能記得今日之情。

　　同是重陽登高之作，此詩雖有欲從仙去之嘆，但整體而言所展現的情感自適豁達，於美景相映之下飲酒仍為一樂事。〈宣城九日聞崔四侍御與宇文太守遊敬亭余時登響山不同此賞醉後寄崔侍御二首〉（其一）則充滿悲傷怨懟之情，就算飲酒也無法抒懷。由兩詩內容所推測〈九日登山〉應寫在前，先寫客遊響山之樂，至醉後而歸時，見路途寒冷風景，突然興起悲傷愁緒，憶起自身的失意不遇。

　　接著看〈登敬亭山北二小山余時客逢崔侍御並登此地〉：

　　　　送客謝亭北，逢君縱酒還。屈盤戲白馬，大笑上青山。
　　　　迴鞭指長安，西日落秦關。帝鄉三千里，杳在碧雲間。

此題所言崔侍御與前詩所提之皆為同一人，為李白友人崔成甫，此詩言二人巧遇，而一同登覽之事。首聯即言兩人相遇情形，李白於謝公亭送客，正逢崔成甫縱酒而歸。《輿地紀勝》卷一九江南東路寧國府：「謝公亭，在宣城縣北二里。《九域志》云：其太守謝玄暉

〔註91〕（南朝齊）謝朓：〈敬亭山〉，《謝宣城詩集》，卷三，頁6。

置。舊經云：謝玄暉送范雲零陵內史，此其處也。」〔註92〕謝公亭
為古人常送別之處。值得注意之處是為此詩所寫，與前者所述之飲
酒詩皆不同，其並未言及李白自身飲酒之事，與其飲酒的原因，而
是寫崔成甫放意飲酒，因酒為樂。頷聯寫李白與崔成甫登臨敬亭之
狀，山路蜿蜒難行，但因為心情開闊，兩人相談甚歡，氣氛極佳。
頸聯情景皆有轉折，時間已至日暮，歸程兩人將要道別，有依依不
捨之情。末聯言京師有三千里之遠就如同於白雲之間的深幽，意指
距離之遙。

　　全詩如題所言，在寫李白送客之時與崔成甫相遇，共同登覽敬
亭之事。然詩中並未著眼於登覽所見的景象，而是將焦點放於歸程
的風景與情思的展現。嚴評本載明人批此詩：「粗淺」。認為此詩簡
明易懂，未含有深意。然筆者認為頷聯寫出巧遇之欣喜，能與其友
在異地不期而遇，是如此珍貴不易之事，因此於頸、末二聯可以見
得分離之時的不捨，展現了李白待友的真情，用「粗淺」評此詩，
尚覺用詞太重。

　　以上藉由李白於宣州所寫之飲酒詩可見，其中有與友分別不捨
的情思，有抒發個人困頓的苦痛，有憂心世事的情懷，有增加興致
的作用。因此阮廷瑜《李白詩論》有言：

　　　酒興濃時急於飲，接連乾杯；好友別時飲不下，銜杯難
　　　嚥。時地不適，不欲飲而必須強飲；病酒過後，宜小飲
　　　而反思在醉。有時雖飲而不能盡興，有時主人出酒不多
　　　而令人掃興。這一切都是太白常遇之境，亦無不吐露於
　　　詩中。〔註93〕

李白與酒間密切的關係，於其詩皆可見之。

〔註92〕（宋）王象之：《輿地紀勝》（北京：中華書局，1992 年），卷一九〈江
　　　　南東路寧國府〉，頁 870。
〔註93〕阮廷瑜：《李白詩論》，頁 3。

第三節　宣州交遊，良朋知己

　　李白之於宣州，不只受山水景色所吸引，因宣地有紀叟所釀之美酒，更因交友而往來宣地。唐代的經濟的蓬勃發展，水路運輸的進步，發展出唐人漫遊山水的生活型態，其中也因為唐代特有的入仕制度，促使了漫遊的盛行。

　　平民可藉由科舉取仕制度，進而參與朝政；或以徵辟、參加幕府等機會獲取功名，扭轉人生態勢。無論以何種途徑獲官，皆須離鄉背井，除了靠自己的實力，更需藉由人脈的幫助，讓自己於茫茫人海之中脫穎而出，因此漫遊各地、廣交好友是為官必經之途。如前詩可見，崔侍御、宇文太守、崔氏昆季、趙少府等宣州官員，通禪師與仲濬公等禪師僧人，及宣州知名的釀酒工匠紀叟等人皆為李白的交友對象。

　　除了以為官入仕作為交友的目的之外，景仰欽慕亦為其對於交友對象的揀選條件之一，如李白宣州詩中時常可見對宣城太守謝朓的景仰之情。故本章主要以「胸懷壯志望提拔」、「一生低首謝宣城」與「深切哀悼失好友」三部分來看李白的宣州交友。

一、胸懷壯志望提拔

　　身處於社會政治風氣較為開放的大唐之世，文人們皆以成就功業自許，他們的熱切之心，是後代無法比擬的，身為唐人的李白當然亦有「申管晏之談，謀帝王之術，奮其智能，願為輔弼。使寰區大定，海縣清一，事君之道成，榮親之義畢」〔註94〕濟世救民的從政之心。葉嘉瑩更指出李白的求仕，大致可以總結為三個原因：

　　　第一，是出於追求不朽的願望，這顯然受儒家影響；第二，
　　　他是一個天才，他不甘心使自己的生命落空；第三，在李
　　　白生活的時代，前有李林甫、楊國忠對朝廷的敗壞，後有

〔註94〕李白：〈代壽山答孟少府移文書〉，瞿蛻園校注：《李白集校注》，頁1526。

安史之亂的戰爭，可以說是一個亟待拯救的危亂時代。
〔註95〕
由第一點來看，中國古代文人受儒家用世之說影響甚深，李白也不例外，因此在詩人豪放不羈的外表下，仍可見其追求著「不朽」與「致用」的精神。其次，如「天生我材必有用」所云，自信自負的大詩人，不甘才識就此隱沒，生命徒然落空。最後因爲抱有爲國爲民的意念與責任，故「求官」是爲李白人生之要事。〔註96〕

首先看〈宣城九日聞崔四侍御與宇文太守遊敬亭余時登響山不同此賞醉後寄崔侍御二首〉（其二）：

九卿天上落，五馬道傍來。列戟朱門曉，褰幃碧帳開。

登高望遠海，召客得英才。紫綬歡情洽，黃花逸興催。

山從圖上見，溪即鏡中迴。遙羨重陽作，應過戲馬臺。

雖爲〈宣城九日聞崔四侍御與宇文太守遊敬亭余時登響山不同此賞醉後寄崔侍御二首〉之作，但其一爲醉後抒發自身不受重用的悲怨，此詩則多爲對崔侍御及宇文太守之稱讚，兩者情感表達相差甚遠。首二句言宇文太守由郡中而來，如天上星落般的來臨，形容其之尊貴。「列戟朱門曉」二句爲眾人迎其到來，邀與一同登高之狀，寫欣喜熱烈歡迎太守之至。「登高望遠海」四句，描述太守得崔侍御般之英才登高同遊，同行氣氛融洽，寓黃花美景以興發。「山從圖上見」二句寫所見之景，山若圖畫，水明如鏡，登高望遠之時山水美景映入眼中。末二句才道出心中落寞之感，因重陽之時崔侍御與宇文太守同遊敬亭，李白則登響山，只能「遙羨」他倆之樂，並言崔侍御今日所作應勝謝靈運戲馬臺之作〔註97〕，李白卻莫能見之，更添對

〔註95〕葉嘉瑩：《葉嘉瑩說初盛唐詩》，頁245。
〔註96〕參見葉嘉瑩：〈說杜甫贈李白詩一首──談李杜之交誼與天才之寂寞〉收於《嘉陵談詩》（臺北：三民書局，1970年），頁138～144。
〔註97〕戲馬臺，在彭城。宋公劉裕九日登臺，命謝靈運、謝宣遠等作詩送孔令。（見詹瑛主編：《李白全集校注匯釋集評》，頁2065。）因二者皆爲重陽之作，可相提之。且由此可見李白對於崔侍御之詩的高度稱讚。

能與崔侍御同遊者的羨慕之情，及自身未能同行的嘆息。

關於詩評吳昌祺曰此詩：「三四分承，步武不紊。」（《刪定唐詩解》卷二二）〔註98〕嚴評本載明人批：「雅妥排律，但恨乏奇耳。」〔註99〕認爲詩句穩當，但缺乏獨特新奇之處。筆者認爲全詩在於讚揚崔侍御之才，及宇文太守能視英才之慧眼，展現詩人的友好之意，似望能藉由達官貴人之薦，作爲從政路上的助力。若以此爲其作詩目的，寫作重點是當放於崔侍御及宇文太守，不作多餘描寫以模糊重點，故此詩之作法似有其理。

接著看〈贈從弟宣州長史昭〉〔註100〕：

> 淮南望江南，千里碧山對。我行倦過之，半落青天外。
> 宗英佐雄郡，水陸相控帶。長川豁中流，千里瀉吳會。
> 君心亦如此，包納無小大。搖筆起風霜，推誠結仁愛。
> 訟庭垂桃李，賓館羅軒蓋。何意蒼梧雲，飄然忽相會。
> 才將聖不偶，命與時俱背。獨立山海間，空老聖明代。
> 知音不易得，撫劍增感慨。當結九萬期，中途莫先退。

此爲李白天寶十二載初至宣城，贈其堂弟宣州長史李昭之詩。首四句形容自身處境，雖已行倦揚州，但仍有餘力於青天之外。「宗英佐雄郡」六句言李昭賢能，治理宣州水陸有成，望李昭心胸能如長江般容納萬物，透露己欲投靠，望能接納之情。「搖筆起風霜」續言賢弟爲官清廉正直，法紀嚴明，待百姓眞誠仁厚，眾賓客慕名而來。「何意蒼梧雲」至末句言自身來意，至今仍懷才不遇，事與願違，無法大展鴻圖，只能遊於山水間，直至終老。日本學者近藤元粹《李太白詩醇》卷三言：「才將聖不偶」以下四句——「古今懷是感者不少，一讀亦自增感慨。」李白不僅言自身感嘆，更道出古今胸懷壯志卻不得意之人心中共同之感。縱然知音難尋，無奈無力常於其心中，但李白不願放棄，將自身與其昭弟俱比爲大鵬鳥，希

〔註98〕詹瑛主編：《李白全集校注匯釋集評》，頁2066。
〔註99〕詹瑛主編：《李白全集校注匯釋集評》，頁2066。
〔註100〕從弟，即堂弟。

望將來能結伴同行，一展長才與抱負。

　　於此詩中可以深刻地感受到李白縱使已至暮年，有年老不遇之嘆，但始終不減其青雲壯志，仍是抱持著一線希望前往投靠堂弟李昭，展現李白堅毅的入仕之心。同樣的心理狀態於〈贈崔司戶文昆季〉中也可見到：

> 雙珠出海底，俱是連城珍。明月兩特達，餘輝傍照人。
> 英聲振名都，高價動殊鄰。豈伊箕山故，特以風期親。
> 惟昔不自媒，擔簦西入秦。攀龍九天上，忝列歲星臣。
> 布衣侍丹墀，密勿草絲綸。才微惠渥重，讒巧生緇磷。
> 一去已十年，今來復盈旬。清霜入曉鬢，白露生衣巾。
> 側見綠水亭，開門列華茵。千金散義士，四坐無凡賓。
> 欲折月中桂，持爲寒者薪。路傍已竊笑，天路將何因。
> 垂恩儻丘山，報德有微身。

此與〈送崔氏昆季之金陵〉所指對象相同，皆爲崔文兄弟。「雙珠出海底」八句將崔氏兄弟比若明珠，言其才華聲名出眾，光芒可見，無人不知曉其二人，今日尚未見面已聞君之風采，更加期待能夠相見。一開始即稱讚崔文兄弟之賢才，亦云二人受朝廷重視之程度。唐朝若欲出仕任官，除了考取科舉功名之外，結交達官顯貴、創造名聲也是進入官場的方法之一，因此崔文亦爲眾人爭相攀附的對象。李白倚己才氣不願經由考試得官，故結交高官貴人成爲重要之途。「惟昔不自媒」八句爲自敘之詞，描寫先前入官過程，勤勉任事，受玄宗恩惠得其厚愛，但終不敵小人讒言攻擊，無奈去官。「一去已十年」從天寶三載去京，如今已過十年，今天寶十二載能與崔文再次相見實爲樂事。只是久別未見，「清霜入曉鬢」二句形容鬢角漸白，忽覺人已老的感慨；白露沾襟，有聚散無常之嘆。「清霜」、「白露」又有點出季節之用，可知此時爲暮秋。由此四句可得知，此詩亦寫於天寶十二載暮秋李白初至宣城時，與〈送崔氏昆季之金陵〉同。「側見綠水亭」四句寫崔文好攬賓客，且所來往者皆爲俊傑義士。「欲折月中桂」二句即言李白希望藉由崔文以結交其他權

貴之士，但自知「桂、薪」之差異，又有「路傍已竊笑」言其高攀的顧慮，望崔文能夠念在舊情給予幫忙，日後定會竭盡心力以報之。

　　此詩先從對崔文兄弟的稱讚，希望能嘉惠於己，再言為官路途的坎坷，若能藉由崔文的幫助，將有再度踏上仕途的機會，表現出李白為求入官已竭盡所能。故嚴評本載明人批：「以慷慨有概。」〔註101〕雖此時已過半百，但仍不減其壯志。

　　再來看天寶十四載李白五十五歲所作之〈於五松山贈南陵常贊府〉：

> 為草當作蘭，為木當作松。蘭幽香風遠，松寒不改容。
> 松蘭相因依，蕭艾徒丰茸。雞與雞並食，鸞與鸞同枝。
> 揀珠去沙礫，但有珠相隨。遠客投名賢，真堪寫懷抱。
> 若惜方寸心，待誰可傾倒？虞卿棄趙相，便與魏齊行。
> 海上五百人，同日死田橫。當時不好賢，豈傳千古名！
> 願君同心人，於我少留情。寂寂還寂寂，出門迷所適。
> 長鋏歸來乎，秋風思歸客。

此與〈書懷贈南陵常贊府〉為前後作，二詩雖言同一人，但前詩主要表達自身不遇，憂慮不能濟世，僅能飲酒抒懷，展現對於人生的無力與無奈。此詩則是以堅毅之心望常贊府能給予支持與提拔。首四句可見李白的價值觀，認為應如蘭、松，像蘭花一般能夠氣味宜人並清香四溢，如松樹一樣就算處於困難之境依然堅忍不拔。「松蘭相因依」四句，以「松、蘭」與「蕭、艾」對比，「雞」與「鸞」對比，顯示雖為同類，但仍有優劣之別，不應混為一談。嚴評本載明人批：「起四句已足，復及蕭、艾、雞、鸞，太雜乏裁。」〔註102〕然筆者認為藉「蕭、艾、雞、鸞」的相比，展現了李白對於卑劣之人的鄙視與不屑，更加表明了不願同流以現自身之高潔的堅定。「揀珠去沙礫」二句強調交友亦如揀選珍珠，應選賢而交。「遠客投名賢」十句，寫李白之困苦處境，如今僅能前來投靠常贊府，望能見

〔註101〕詹瑛主編：《李白全集校注匯釋集評》，頁1552。
〔註102〕詹瑛主編：《李白全集校注匯釋集評》，頁1795。

其賢才給予同情與支持。「願君同心人」至末句可見李白姿態之低，對於常贊府苦苦請求，感覺已至痛苦無助的絕境。詩末以馮諼彈劍而歌作結，似輕描淡寫，但可知其心情之沉重。

最後看〈贈宣城趙太守悅〉：

> 趙得寶符盛，山河功業存。三千堂上客，出入擁平原。
> 六國揚清風，英聲何喧喧。大賢茂遠業，虎竹光南藩。
> 錯落千丈松，虬龍盤古根。枝下無俗草，所植唯蘭蓀。
> 憶在南陽時，始承國士恩。公爲柱下史，脫繡歸田園。
> 伊昔簪白筆，幽都逐遊魂。持斧佐三軍，霜清天北門。
> 差池宰兩邑，鶚立重飛翻。焚香入蘭臺，起草多芳言。
> 夔龍一顧重，矯翼凌翔鶤。赤縣揚雷聲，強項聞至尊。
> 驚飆頹秀木，跡屈道彌敦。出牧歷三郡，所居猛獸奔。
> 遷人同衛鶴，謬上懿公軒。自笑東郭履，側慙狐白溫。
> 閑吟步竹石，精義忘朝昏。顦顇成醜士，風雲何足論。
> 獼猴騎土牛，羸馬夾雙轅。願借羲和景，爲人照覆盆。
> 溟海不震蕩，何由縱鵬鯤。所期要津日，倜儻假騰騫。

首六句描述簡子之山水霸業，平原君養士以解國難之事，讚趙之先世聲名遠播，太守趙悅亦是如此。「大賢茂遠業」六句即言趙悅之賢，能揚先人功業，又能執太守之職領導宣州，以「松樹」與「蘭蓀」喻趙家人才輩出，賢能之士眾多。此部分主要藉由對趙氏先祖的稱讚，言及趙悅，再追述兩人相遇之情。「憶在南陽時」四句寫於南陽時趙悅爲御史，李白蒙君之恩爲客於彼。「伊昔簪白筆」至「跡屈道彌敦」十四句繼續追敘趙悅爲官之職，昔爲御史曾佐幽州軍討伐流寇，擁賢才處事不凡，以得高遷侍奉君王，後爲赤縣時雖政績顯赫，但因性格剛直，而遭罷黜貶謫。雖趙悅官途處境多舛，但李白對趙悅的景仰並未因其達顯或不遇而改變，且於詩中更可見李白對其的認同。「出牧歷三郡」二句謂趙悅所治之地安樂太平皆有美績。故「遷人同衛鶴」至末句言李白自知身分處境之困頓，難以爲進，望能藉趙悅之力，重回官場一展長才，可見其求官急切。

　　若與前述之詩相比，雖求官之心相同，但於此詩之中，可見慷慨悲壯、剛見明朗的建安風骨，此詩不僅表現對於人生世事之關切，亦抒發急欲建立功業的壯志，在情感內容表達上層次更爲提升。

二、一生低首謝宣城

　　於李白的詩歌作品中常見其清新自然的語言文字風格，及對建安風骨的推崇。〔註103〕因爲對此二種內涵的重視，《詩經》、漢魏六朝的樂府古詩與建安文人之作，皆爲李白創作時的楷模，吸取養分的對象。

　　清代王士禎《論詩絕句》有言：「青蓮才筆九州橫，……一生低首謝宣城。」〔註104〕後人常用此句作爲李白傾慕謝朓的印證，傅美玲〈李白對謝朓清麗詩風的追尋〉一文更加深入討論李白景仰謝朓之因〔註105〕：首先是李、謝二人皆懷才不遇，同遭放逐。謝朓曾被外放出守宣城，與李白遭玄宗放還的遭遇頗爲相似，故容易產生同情共感，相知相惜之情；其次因兩人於失意之時，以自然景物作爲療傷的對象，表達對山水的喜好；最後是李白對清麗風格的愛好，由其作品之中明顯可見對建安風骨的讚揚，及對綺靡詩風的輕蔑。因此李白晚年遊於宣州各地所作的詩歌作品之中，特別可見對謝朓的欣賞，或是如謝朓般清麗的寫作手法，這皆與追懷謝朓相關。如〈謝公亭〉：

〔註103〕根據《文心雕龍》中《風骨》、《通變》兩篇的論述，可知具有風骨的作品，其特色是思想感情表現得鮮明爽朗，語言剛健有力，所謂「風清骨峻」，使作品產生較強大的藝術感染力。風骨在語言風貌上偏重質樸剛健《文心雕龍·風骨》主張風骨與文采相配合，是要求文章做到文質彬彬，不偏於某一面。鍾嶸《詩品序》主張風力與丹采結合，也是這個意思。參見王運熙、顧易生主編：《中國文學批評通史》（卷3），頁225。

〔註104〕張建：《王士禎論詩絕句三十二首箋證》（臺北：文史哲出版社，1994年），頁50。

〔註105〕傅美玲：〈李白對謝朓清麗詩風的追尋〉，《輔大中研所學刊》第13期（2003年9月），頁147～154。

謝公離別處,風景每生愁。客散青天月,山空碧水流。

池花春映日,窗竹夜鳴秋。今古一相接,長歌懷舊遊。

此爲李白登謝公亭以懷古也,據宋朝葉延珪《海錄碎事》所記:「謝公亭在宣城,太守謝玄暉置。范雲爲零陵內史,謝送別於此,故有〈新亭送別〉詩。」〔註106〕首聯言李白至謝公亭憶起謝、范送別之事,對景生愁,范德機《批選李翰林詩》卷四云:「首二句乃次二聯之綱。」〔註107〕故頷聯即描寫離別之後的情形,以「人去景物猶在」呼應「風景生愁」,除了豐富詩中畫面,亦增強了悲傷落寞之感。頸聯以春花秋竹,視覺與聽覺的兩種感官交互作用之下,於詩中產生景物蕭條及無限愁緒。頷、頸二聯除形式工整之外,景色畫面與內容情感更自然流洩於其中,可見李白創作手法之高。末聯「今古一相接」五字不僅將古今時空相連,更連結了謝朓與李白的情感,故此句爲後代詩評所讚,《唐詩評選》(王夫之)言:「近古今人道不得,神理、意致、手腕,三絕也。」〔註108〕嚴羽亦評:「說得無前後際,妙。」〔註109〕以尋常自然的登樓寫景,至對謝朓的追憶,全詩情景合一,語言表達簡明,卻含有古典淡雅的情意,爲此詩之絕妙。

接著看也是登覽懷古之作〈秋登宣城謝朓北樓〉:

江城如畫裏,山晚望晴空。兩水夾明鏡,雙橋落彩虹。

人烟寒橘柚,秋色老梧桐。誰念北樓上,臨風懷謝公?

天寶十二載李白由梁園南下至宣城,登北樓覽秋景寫此詩以懷念謝朓。首聯首句以「江城如畫裏」立即吸引讀者注意,欲知詩人何出此言,「山晚望晴空」則推薦要見宣州之美以登高遠眺的方式爲佳。接著,頷聯言宛、句二溪水清如鏡,合流於宣城,鳳凰、濟川二橋如彩虹般跨於溪上。頸聯由橘柚、梧桐的顏色變化,描繪出秋色蒼

〔註106〕參見詹瑛主編:《李白全集校注匯釋集評》,頁3219。

〔註107〕詹瑛主編:《李白全集校注匯釋集評》,頁3221。

〔註108〕陳伯海編:《唐詩彙評》,頁713。

〔註109〕詹瑛主編:《李白全集校注匯釋集評》,頁3220〜3221。

茫、寒意漸襲之感。二聯雖描寫景色時所重不同，但同是呼應首句如畫之景。末聯「誰念北樓上，臨風懷謝公」如李錫鎮老師所云，李白之所以會由眼前風景聯想到謝朓，一則緣於自身強烈的孤獨感，一則是眼前遊處的場所或景觀也曾是謝朓經歷過的。〔註110〕而如今登北樓者誰能與我有相同之感，詩人於此亦在感嘆至古知音難尋。故應時《李詩緯》評：「題外不溢一字，而感慨無窮。逸思橫出。」

而此詩還有另一個值得注意之處，《瀛奎律髓彙評》〔註111〕有馮班曰：「謝句也。太白酷學謝。」又：「倒見太白規模玄暉，大名豈假太白表章耶？」及何義門曰：「落句以謝朓驚人語自負耳。」認為李白不僅於詩中追憶謝朓，此詩亦學謝朓，有謝朓之言也。

又如〈贈宣城宇文太守兼呈崔侍御〉：

　　白若白鷺鮮，清如清唳蟬。受氣有本性，不為外物遷。
　　飲水箕山上，食雪首陽巔。迴車避朝歌，掩口去盜泉。
　　岧嶤廣成子，倜儻魯仲連。卓絕二公外，丹心無間然。
　　昔攀六龍飛，今作百鍊鉛。懷恩欲報主，投佩向北燕。
　　彎弓綠弦開，滿月不憚堅。閑騎駿馬獵，一射兩虎穿。
　　回旋若流光，轉背落雙鳶。胡虜三歎息，兼知五兵權。
　　鎗鎗突雲將，卻掩我之妍。多逢剿絕兒，先著祖生鞭。
　　據鞍空矍鑠，壯志竟誰宣？蹉跎復來歸，憂恨坐相煎。
　　無風難破浪，失計長江邊。危苦惜頹光，金波忽三圓。
　　時遊敬亭上，閑聽松風眠。或弄宛溪月，虛舟信洄沿。
　　顏公二十萬，盡付酒家錢。興發每取之，聊向醉中仙。
　　過此無一事，靜談秋水篇。君從九卿來，水國有豐年。
　　魚鹽滿市井，布帛如雲煙。下馬不作威，冰壺照清川。
　　霜眉邑中叟，皆美太守賢。時時慰風俗，往往出東田。
　　竹馬數小兒，拜迎白鹿前。含笑問使君，日晚可迴旋？
　　遂歸池上酌，掩抑清風絃。曾標橫浮雲，下撫謝朓肩。

〔註110〕李錫鎮，〈從互文現象論李白與謝朓的關係〉，收錄於《成大中文學報》，第二十期，2008 年 4 月，頁 141。
〔註111〕詹瑛主編：《李白全集校注匯釋集評》，頁 3069。

樓高碧海出，樹古青蘿懸。光祿紫霞杯，伊昔忝相傳。
良圖掃沙漠，別夢繞旌旃。富貴日成疏，願言杳無緣。
登龍有直道，倚玉阻芳筵。敢獻繞朝策，思同郭泰船。
何言一水淺？似隔九重天。崔生何傲岸，縱酒復談玄。
身爲名公子，英才苦迍邅。鳴鳳托高梧，凌風何翩翩。
安知慕羣客，彈劍拂秋蓮。

此是贈宇文太守與崔侍御之作，有深切望其提拔引薦之意。首四句爲李白自言其清白如蟬與鷺，說明自身之高潔，不因外物而改變。「飲水箕山上」八句以許由、伯夷、叔齊、墨子、孔子、廣成子與魯仲連等人爲例，呼應首四句之言，表達對他們性情不改、志不願屈的景仰，更說明願與同列的志向。「昔攀六龍飛」二句對比寫出李白昔日通達受重，今日困頓流連之狀。如今戰亂而起，望能貢獻一己之力以效忠朝廷。「彎弓綠弦開」八句即述其滅胡的壯志。然由「鎗鎗突雲將」六句可知，現實並不如李白所想，雖有壯志但仍不受重，無法一展長才。「蹉跎復來歸」十六句在言因爲理想無法施展，遂至宣州漫遊於山水之間，流連於酒酣耳熱之際，藉酒助興也消愁，或以道家養生無爲之術超脫世事。「君從九卿來」等二十句爲稱頌宇文太守治宣州，爲官清廉，仁民愛物，政美人和。嚴羽批：「下馬」、「冰壺」二句——「清而威使人畏，不威而清使人愛。」〔註112〕言宇文太守兩袖清風之外，又待民親切和善，故受百姓青睞。並將其與南朝宣城太守謝朓相比，以「往往出東田」提及謝朓〈遊東田〉詩，「遂歸池上酌，掩抑清風絃」化用謝朓「已有池上酌，復此風中琴」〔註113〕，最後以「下撫謝朓肩」帶出謝朓。由此不但可見李白對謝朓的欣賞，亦更言宇文太守優於謝朓的高度評價。「光祿紫霞杯」十二句言李白與宇文太守昔日相見而今日別離，故以此表明心意。訴說自身雖有謀略卻無機緣，欲侍於上者卻被阻饒於外，言中充滿無奈之情。「崔生何傲

〔註112〕 詹瑛主編：《李白全集校注匯釋集評》，頁 1768。
〔註113〕 （南朝齊）謝朓：〈郡內高齋閑坐答呂法曹〉，（南朝梁）蕭統編：《昭明文選》，卷二十六，頁 358。

岸」至末句言及崔侍御，讚其亦為英才，望能藉由宇文太守及崔侍御二人之力以展鴻圖之志。

　　此詩除了訴說自身熱切的入仕之心，更加清楚地描寫出李白以天下事為己任的俠義精神，甚至願為國家「棄文從武」以滅胡族。此種精神不僅於李白身上可見，更可說是唐朝的時代特色。唐人受到北方遊牧民族尚武好勇與社會經濟繁榮的影響，將自身對社會現實的不滿和改造現實的希望，寄託在這種精神活動上，於是任俠便也成了仕人的習性，他們也以此相誇。〔註114〕

　　及〈遊敬亭寄崔侍御〉同是寄予崔侍御而作：

　　　我家敬亭下，輒繼謝公作。相去數百年，風期宛如昨。
　　　登高素秋月，下望青山郭。俯視鴛鴦羣，飲啄自鳴躍。
　　　夫子雖蹭蹬，瑤臺雪中鶴。獨立窺浮雲，其心在寥廓。
　　　時來顧我笑，一飯葵與藿。世路如秋風，相逢盡蕭索。
　　　腰間玉具劍，意許無遺諾。壯士不可輕，相期在雲閣。

首四句可見此詩為李白寓居宣州之作，因遊於敬亭，而憶起百年前太守謝朓於此作〈遊敬亭山〉詩，雖然至今相去甚遠，但其風度、品格仍受人敬仰。「登高素秋月」四句為實寫，先言出遊之季節為秋天，再寫登高見鴛鴦成群，隨性自在而處，李白所見有感。「夫子雖蹭蹬」四句言崔侍御雖失勢於一時，但不願就此與俗同流，仍保有其清白之心，李白於此肯定其的品格之高。且「時來顧我笑，一飯葵與藿」回想崔侍御仍為權貴之時，並不視身分地位為交往條件，與李白性情相合，常一同盡歡。如今「世路如秋風，相逢盡蕭索」人與人之間漸不以人情道義來往，道出李白對於世道衰微的感嘆。但「腰間玉具劍」一轉，也因世道如此，李白心有其志，望與崔侍御共同為國解難以報效朝廷。故嚴羽有評：「每從蕭索後得豪。」〔註115〕越處艱困處境越能見其心志之堅定，於蕭條冷落之時更可見豪傑的出現。

────────────

〔註114〕參考陳伯海：《唐詩學引論》，頁59。
〔註115〕詹瑛主編：《李白全集校注匯釋集評》，頁2082。

　　此詩爲崔侍御被貶謫時的相勉之詞，首尾相應，以登敬亭山懷想謝朓，並言欲承繼謝朓之風，因與崔侍御二人志趣相投，邀其一同施展抱負以立功於國，詩中語言使用眞摯，有慷慨激昂的精神，可見李白爲國爲民的青雲之志。嚴評本載明人批：「意態亦耀如。」〔註 116〕

　　最後來看李白於宣州最爲人知之作〈宣州謝朓樓餞別校書叔雲〉：

棄我去者昨日之日不可留，亂我心者今日之日多煩憂！
長風萬里送秋雁，對此可以酣高樓。
蓬萊文章建安骨，中間小謝又清發。
俱懷逸興壯思飛，欲上青天攬明月。
抽刀斷水水更流，舉杯消愁愁更愁。
人生在世不稱意，明朝散髮弄扁舟。

此詩一作〈陪侍御叔華登樓歌〉，因二題有異，專家學者對於此詩出現兩派意見，一者認爲此爲李白餞別族叔李雲之作，一者將此詩視爲與監察御史李華登樓而作。〔註 117〕二者說法各有其理，然筆者於本章節中，重於探究李白宣州詩所展現之內容情志，故不將此爭議列入討論，以現今常見之題〈宣州謝朓樓餞別校書叔雲〉論之。

　　首二句寫李白心中之悲，由「昨日之日不可留」可見詩人對時光流逝的感嘆，似也認清自身得寵受重之日已過，故「棄」字在言光陰之無情，也在敘述被君主所棄，賜金放還的過往，不過雖言「不可留」，實「留」字亦展現李白對於過去的留戀之情，可見其矛盾的心情，如今處境困頓又將與親友離別，種種複雜的情緒使李白心思混亂。二句相互呼應，除了表達離別的沉重心情，也在描寫現實與理想之間的差距，道出人生的無奈。沈德潛《唐詩別裁》卷六評此

〔註116〕詹瑛主編：《李白全集校注匯釋集評》，頁 2082。
〔註117〕筆者參看相關期刊論文，以黃增科、陳繼任〈棄也何曾棄，亂且終自亂——解讀李白《宣州謝朓樓餞別校書叔雲》〉、陳志霞〈千古詩才別樣文章——李白《宣州謝朓樓餞別校書叔雲》評析〉、陳飛龍〈李白《宣州謝朓樓餞別校書叔雲》剖析〉三篇論及此詩題爭議。

二句有言：「此種格調，太白從心化出。」〔註 118〕認為此是李白內心真實情感之抒發，其詩之妙也由此而來。接著，由情入景，次二句描寫離別之景。先點明季節與地點，此時正值蕭瑟冷落的秋季，見秋風送群雁南行，亦如李白與親友也將千里相別，回想孤獨飄零的際遇，至今又獨留自己一人，傷感之情油然而生。然此時正好藉酒沖淡這些煩惱憂愁，是暢飲宣洩的好時機。由「酣高樓」可見古人常以登高飲酒作為送別之宴，其中「酣」字除了展現李白豪放的性格，更含有深沉的愁思於其中，需要痛快暢飲才以解憂。此部分除了寫餞別之狀，也在排遣自身的愁緒。「蓬萊文章」原指漢代的文章，此指文章之渾然天成。「建安骨」即是慷慨雄健的建安風骨，再次說明李白對詩歌風骨的重視與推崇。「中間小謝又清發」如同〈秋登宣城謝朓北樓〉：「誰念北樓上，臨風懷謝公」與〈遊敬亭寄崔侍御〉：「我家敬亭下，輒繼謝公作。相去數百年，風期宛如昨。」展現李白欣賞謝朓詩的清新俊美。故以上二句無論是對送別者的稱讚，還是對自我的肯定，皆可見李白所認同的文學觀與其追慕前賢之情。「俱懷逸興壯思飛，欲上青天攬明月」再言李白之豪情壯志，於酣暢之際仍不忘其理想與志向。但是理想終究還是理想，而產生「抽刀斷水水更流，舉杯消愁愁更愁」的悲歡，「抽刀」以「斷水」，「舉杯」以「消愁」，但結果卻是「水更流」與「愁更愁」，可見不但無法達到其目的，然而「更」適得其反。且一句連用三個「愁」字，意表達在離別的愁緒，也言心中之煩憂苦悶。最後二句如《唐詩品匯》（卷二七引）劉（辰翁）云：「崔巍跌宕，正起在一句。『不稱意』，諾欲絕。」〔註 119〕回顧過往不如意，再見未來的渺茫，對於人生世事李白已是心灰意冷。既然無法達成濟世救民的理想，便只好遁世歸隱選擇「明朝散髮弄扁舟」之路，希望藉此能於悲苦焦慮中解脫。由此可說李白瀟灑開闊，能夠以超脫之心面對，不為現

〔註 118〕 詹瑛主編：《李白全集校注匯釋集評》，頁 2570。
〔註 119〕 陳伯海編：《唐詩彙評》，頁 682。

實所困，亦能說是李白逃避現實的消極展現，或是不願世俗小人同流的清高自傲。不過無論何種說法，此舉皆是李白失望於塵世的實際展現。

此詩由題來看，爲李白於宣州所作之餞別詩，但內容不僅僅展現送別之離情，更有李白出世拯物的壯志，與無奈現實受阻的憂煩等等複雜的情緒，詩中可見詩人心中的矛盾拉扯。

三、深切哀悼失好友

李白於宣州交友往來，除了有爲官入世的現實目的，有對於謝朓文采的讚許與緬懷，亦有對於好友的眞情展現，如〈宣城哭蔣徵君華〉：

敬亭埋玉樹，知是蔣徵君。安得相如草，空餘封禪文。

池臺空有月，詞賦舊凌雲。獨挂延陵劒，千秋在古墳。

蔣華爲李白友人，生平事蹟不詳，知曾與李白同遊。首聯言李白至宣城時，聞好友蔣華已埋於敬亭山中。頷、頸二聯將蔣華比喻爲司馬相如，讚其文采才能，也嘆命運之不濟，雖抱有遠大志向，但卻來不及施展。當中運用兩次「空」字，是爲犯律，不過也展現了，人終究不敵現實的落寞與無力。末聯以季札掛劍弔唁徐君之事，表示深切的哀悼之情，希望蔣華能就此安眠。

此詩與〈哭宣城善釀紀叟〉同樣繫年於寶應元年，爲李白六十二歲再遊宣城時，悼念亡友而作。當時紀叟與蔣華似皆已入墓而葬，見宣州景物依舊，但友人已逝，回顧自身又年邁無成，心中湧上無限感慨，故詩人哀傷以哭之。

而相較於〈哭宣城善釀紀叟〉中所展現的豪氣與怨情，〈宣城哭蔣徵君華〉則是較爲平淡的表現李白的哀傷與感嘆，雖二者情感展現有異，不過同樣可見李白與友人的深厚情感與內心的悲傷不捨。

第四節　離亂酬贈，愁苦終生

　　李白經歷過政治清明，經濟蓬勃發展，社會安定，人民豐衣足食的開元之治，也見識到政治敗壞，經濟蕭條，社會動盪，民不聊生的安史之亂。〔註120〕李白晚年遊於宣州仍處於戰爭紛亂之時〔註121〕，故留有相關之詩，如〈贈武十七諤〉：

　　　　馬如一匹練，明日過吳門。乃是要離客，西來欲報恩。
　　　　笑開燕匕首，拂拭竟無言。狄犬吠清洛，天津成塞垣。
　　　　愛子隔東魯，空悲斷腸猿。林回棄白璧，千里阻同奔。
　　　　君爲我致之，輕齎涉淮原。精誠合天道，不媿遠遊魂。

前有序言：

　　　　門人武諤，深於義者也。質本沈悍，慕要離之風，潛釣川
　　　　海，不數數於世間事。聞中原作難，西來訪余。余愛子伯
　　　　禽在魯，許將冒胡兵以致之。酒酣感激，援筆而贈。

將詩與序參看之，首六句言武諤爲勇義之士，如春秋刺客要離，因看淡世間名利，隱身於山海之間。如今戰亂而起，前來探視李白。其重道義、知圖報之心，不需藉由言說，從其行爲即可得知。「狄犬吠清洛」四句寫現今紛亂之況，安祿山等人攻陷東京，天津已然也成爲戰場，李白避難於南方，但其子伯禽卻仍於東魯，父子相隔兩地，憂子之心急切。由上四句可見此詩於東都洛陽淪陷之作，繫年於至德元載無誤。「林回棄白璧，千里阻同奔」道李白欲與昔人林回一樣棄千金之璧，負赤子而趨，不過無奈路途受阻，力不能往。末四句寫武諤涉淮水接伯禽以與李白相會，蕭曰：「『輕齎涉淮』囑之辭也。雖未保其必達，亦盡吾父子之情而已。萬一不幸，魂其有知，亦可無愧矣。」〔註122〕由此可見李白與武諤的交情深厚，武諤願在

〔註120〕天寶十四年（755 年）十二月，安祿山趁朝廷虛空腐敗之際，起兵叛亂，直至寶應元年（762 年）結束，前後達八年之久，史稱安史之亂。
〔註121〕由附錄一各年譜繫年可知，李白往返宣州六次，末三次爲至德元載（756 年）、上元二年（761 年）與寶應元年（762 年）皆仍是處於安史之亂中。
〔註122〕詹瑛主編：《李白全集校注匯釋集評》，頁 1615。

戰時爲李白赴山東取子，李白亦將此事託與武諤，可見得對其之信任，故此詩爲詩人表達對武諤的感激而作。

接著也是有關於安史之亂的〈江上答崔宣城〉：

太華三芙蓉，明星玉女峯。尋仙下西岳，陶令忽相逢。
問我將何事，湍波歷幾重？貂裘非季子，鶴氅似王恭。
謬忝燕臺召，而陪郭隗蹤。水流知入海，雲去或從龍。
樹繞蘆洲月，山鳴鵲鎭鐘。還期如可訪，台嶺陰長松。

詩題所言崔宣城即是崔欽，爲宣城縣令。首四句寫李白與崔宣城相遇的過程。詩人自西嶽華山尋仙而下，至江上，與崔宣城不期而遇。陶潛曾爲彭澤令，而曰陶令，此以陶令喻崔宣城，可說是李白對崔欽的美言。「問我將何事」二句道出崔宣城對於李白涉險而來之事提出疑問。「貂裘非季子」二句描寫李白非蘇秦之說客，而似東晉名士王恭爲仙隱者。「謬忝燕臺召」四句言今受王命所召，如同燕昭王召郭隗，展現其自信與才能並不遜於郭隗。且以水將歸於海，雲從於龍去，比喻君臣相遇合。此指李白隱居時，受永王徵召而出任從事〔註 123〕，因再度受到重用，心中充滿壯志與感激之情，於後詩人更作了〈永王東巡歌〉以讚頌永王功業。末四句寫二人相逢與江上，目前將追隨永王而去，待日後再相見。

此詩與〈經亂後將避地剡中留贈崔宣城〉所寫對象相同，且皆爲至德元載（七五六年）安史之亂時作。不過兩首詩中的心情與處境截然不同，〈經亂後將避地剡中留贈崔宣城〉爲勸崔宣城辭官引退，與己一同歸隱山林，求道爲仙。〈江上答崔宣城〉則是受到徵召後，於覆命路途上與崔宣城相逢，而作之酬答，詩中雖言一路風塵僕僕，但可見仍李白的欣喜之情。

最後看〈臨終歌〉：

大鵬飛兮振八裔，中天摧兮力不濟。

〔註123〕據李白〈與賈少公書〉云：「王命崇重，大總元戎。辟書三至，人輕禮重。」見瞿蛻園校注：《李白集校注》，頁 1535。

餘風激兮萬世，遊扶桑兮掛石袂。

後人得之傳此，仲尼亡兮誰為出涕。

《李太白全集》王琦注：「按李華〈墓誌〉謂太白賦〈臨終歌〉而卒，恐此詩即是：「路」字蓋「終」字之訛。」〔註124〕與繫年相對照，此詩為寶應元年（七六二年）李白最後一次於宣州所作，似也吻合。

　　首二句言大鵬鳥欲翱翔於八方天際，無奈理想受阻，心餘力絀。次二句寫遺風可以激盪萬世，仁德應該弘揚光大，不過現今卻無法施用。末二句則感嘆孔子已歿，大鵬鳥於半空摧折之事，如今又有何人會為此而傷心流涕。〔註125〕

　　李白作有〈大鵬賦〉，自喻為大鵬鳥，〈臨終歌〉應亦是藉此意象自嘆不遇於時，縱有高尚的品格修養，崇高的理想志向，也無法施展，如此懷才不遇，卻也無人為己心生不捨愛憐之情。回顧李白一生的境遇，於求官與求隱之間徘徊不定，心中滿是矛盾衝突，此時已至人生末路，但仍是壯志難酬，心情的抑鬱不解可想而知，令人唏噓哀嘆。

〔註124〕陳伯海編：《唐詩彙評》，頁639。

〔註125〕《李太白全集》王琦注：「『仲尼亡兮誰為出涕』意謂西狩獲麟，孔子見之而出涕。」見陳伯海編：《唐詩彙評》，頁639。

第四章　宣州詩之藝術表現與特色

　　孔子曾說：「質勝文則野，文勝質則史。文質彬彬，然後君子。」〔註1〕可知傳統儒家重視文質相稱，講求內在思想與外在表達方式的統一。於文學作品中若思想內容與技巧形式兩者能相輔相成，必可爲作品加分。

　　因此本論文茲從內容與形式二方面分析李白宣州詩。前一章爲宣州詩創作內容及其展現特點，是內容意涵的討論，本章則是針對宣州詩的形式進行分析，從「有境界則成高格」、「『陌生化』的審美視野」及「善用技巧添涵義」三部分討論之，冀能對李白宣州詩有深入的探究。

第一節　有境界則成高格

　　「境界」一詞雖非出於王國維，但他卻是第一個將此概念運用於規範古典詩、詞上的。〔註2〕於其《人間詞話》第一則即言：「詞以境

〔註1〕　（清）阮元審定、盧宣旬校：《重刊宋本十三經注疏附校勘記》，論語注疏解經卷第六〈雍也第六〉，（清嘉慶二十年（1815）南昌府學刊本），頁54～1。

〔註2〕　「境界」一詞最早出現的文獻，是在《詩·大雅·江漢》「于江于理」句。漢鄭玄箋云：「政其境界，修其分理。」爲地域的範圍。……到唐代，開始用「境」或「境界」論詩，如現已失傳的王昌齡的《詩

界爲最上。有境界則自成高格，自有名句。」〔註3〕此處雖言詞，但
筆者認爲詩詞皆爲文學藝術，理論可相互參用。王國維認爲「境界」
是藝術的本體，是能感動人心的一大要素，故有境界之作品能夠產生
格調與一般之作做出區別，亦能有歷久不衰之佳句，因此作品之中有
無境界可說是判斷優劣的重要準則。又《人間詞話》第六則言：「境
非獨謂景物也。喜怒哀樂，亦人心中之一境界。故能寫眞景物、眞感
情者，謂之有境界。否則謂之無境界。」〔註4〕此處爲定義何者可稱
爲境界，及有境界與無境界之差異何在。首先，王國維說明境界除了
可以指稱景物，也可指作者情感，葉嘉瑩對此曾言：

> 境界之產生，全賴吾人感受之作用；境界之存在，全在吾
> 人感受之所及。因此外在世界在未經過吾人感受所未及之
> 前，在物自身都並不可稱爲境界。而唯有當吾人之耳目與
> 之接觸而有所感受之時，才得以名之爲境界。或者雖非眼、
> 耳、鼻、舌、身五根對外界之感受，而爲第六種意根之感
> 受，只要吾人內在之意識中確實有所感受，便亦可得稱爲
> 境界。〔註5〕

認爲境界是一種受主觀意識所影響，而創造出來的藝術表現。其次，
有「眞」才有境界，「眞」是眞誠、眞摯，指一種個人的眞切感受。
擁有「眞心」才能對身邊景物有所感，能適當調整內心的喜怒哀樂。
所以王國維所言之境界，強調主體的藝術情感及表現藝術的眞實性。
　　關於境界之運用，王國維於《人間詞話》第二則言：「有造境，

格》。……到了明清兩代，「境界」、「意境」使用更爲普遍。如與王
國維同時代而先於《人間詞話》的《白雨齋詞話》就屢屢出現「境」、
「境界」。其中需注意的是雖言「境界」但其含義不盡相同。參見
蘇珊玉：《人間詞話之審美觀》（臺北：里仁書局，2009年），頁18
～20。

〔註3〕王國維著，徐調孚校注：《校注人間詞話》（臺北：頂淵文化，2001
年），頁1。

〔註4〕王國維著，徐調孚校注：《校注人間詞話》，頁3。

〔註5〕葉嘉瑩：〈論王國維詞：從我對王氏境界說的一點新理解談王詞之評
賞（上）〉，收錄於《中外文學》，第18卷第3期，1989年8月，頁8。

有寫境，此理想與現實二派之所由分。」〔註6〕「寫境」與「造境」
是分別取材於「現實」及「理想」。反之，「理想」與「寫實」可說是
對「造境」與「寫境」的說明。見《人間詞話》第五則：

> 自然中之物，互相關係，互相限制。然其寫之於文學及美
> 術中也，必遺其關係、限制之處。故寫實家，亦理想家也。
> 又雖如何虛構之境，其材料必求之於自然，而其構造，亦
> 必從自然之法則。故雖理想家，亦寫實家也。〔註7〕

此對「寫境」與「造境」、「理想」與「寫實」做了更詳細的說明，
且王國維將論述的重點由創作手法上轉移至作者身上，強調寫實家
工於描摹景色，理想家則是擅於想像造景，不過寫實之取材又含有
作者之理想意念，理想之展現也求之於自然之物上，可見寫實主義
與浪漫主義的融合及分別。

　　李白思想受儒、道影響甚深，於其宣州詩中可見雜揉儒俠、仙
道的特色，此為寫實主義及浪漫主義結合，故以下筆者欲使用「寫
境」、「造境」來分析詩歌的藝術表現特色。

一、寫哀怨之情：貼合現實

　　《論語・陽貨》中言：「詩，可以怨。」〔註8〕抒發個人的哀怨
之情是詩人創作的動因之一。舉凡傳世的佳篇，來自古人生活中長

〔註6〕王國維除了「造境、寫境」之說，對於境界又有將其分為「有我之境、
　　　　無我之境」，「大境、小境」等。《人間詞話》第三則言：「有我之境，
　　　　以我觀物，故物皆著我之色彩。無我之境，以物觀物，故不知何者為
　　　　我，何者為物。」有我之境是以作者主觀的感受去看待外物，因此客
　　　　觀對象事物的展現受主觀的情感所影響。反之，無我之境則是作者以
　　　　客觀中立、不帶個人主觀色彩的去觀物，超脫於物外。《人間詞話》
　　　　第八則言：「境界有大小，不以是而分優劣。」境界的大小為作者取
　　　　材時視野的廣狹，視作者所需而用，並無優劣之分。王國維著，徐調
　　　　孚校注：《校注人間詞話》，頁1～4。
〔註7〕王國維著，徐調孚校注：《校注人間詞話》，頁3。
〔註8〕（清）阮元審定、盧宣旬校：《重刊宋本十三經注疏附校勘記》，論語
　　　　注疏解經卷第十七〈雍陽貨第十七〉，（清嘉慶二十年（1815）南昌府
　　　　學刊本），頁156-1。

久的孕育、鬱結，既是客觀生活作用於詩人的審美感知，亦是詩人主體感官對客觀生活的擁抱、交融。〔註9〕作品能夠動人，除了自然真切的情感表達之外，亦因取材於現實生活中的經歷與感受，易與讀者產生共鳴。「寫境」正是一種採用現實中實際存有的情景爲其創作材料的藝術展現手法，恰好能夠用以探討李白此時於宣州的處境與心情。

　　李白的宣州詩主要是天寶十二載至寶應元年遊歷宣州各處所作，由前一章內容分析可見，此時李白雖爲暮年，但仍是擁有積極爲民與報效國家之心，不過卻困於窒礙難行之境。這雖讓李白悲嘆，但亦化作另一種創作的動力。如〈九日登山〉：

　　　　我來不得意，虛過重陽時。

此爲李白重陽登高懷古昔今之作，詩中直言所遇不如意。雖未明言不得意之因，但可知爲自嘆之辭。欲探其因，接著看〈宣州謝朓樓餞別校書叔雲〉：

　　　　棄我去者昨日之日不可留，亂我心者今日之日多煩
　　　　憂！……抽刀斷水水更流，舉杯消愁愁更愁。

詩句之中可見李白的憂愁與無助。被「棄」雖已是過去式，且明白「不可留」之事實，不過仍舊被此情緒煩亂著，欲藉由「抽刀」與「舉杯」以掙脫，而最終仍是無法達成目的，故心情更加苦悶。《古唐詩合解》稱其：「起勢豪邁如風雨之驟至。」〔註10〕此詩深刻描寫出李白的豪氣與無奈。由「棄」字可推應是「不得意」之因，然爲何被棄？被誰所棄？見〈贈崔司戶文昆季〉可知一二：

　　　　惟昔不自媒，擔簦西入秦。攀龍九天上，忝列歲星臣。
　　　　布衣侍丹墀，密勿草絲綸。才微惠渥重，讒巧生緇磷。

此爲李白自述，「攀龍九天上，忝列歲星臣」生動描寫己受寵遇入宮之過程，然入官後雖勤勉奉公，但卻受小人讒言所害而去官。〈書懷

〔註9〕吳代芳、李培坤：《唐人絕句藝術談》（西安：陝西人民教育出版，1993年），頁89。
〔註10〕陳伯海編：《唐詩彙評》，頁682。

贈南陵常贊府〉:「一去麒麟閣,遂將朝市乖。故交不過門,秋草日上階。」四句更言及去官後之況,不但與朝市相悖離,與故友也日漸失去聯絡。面對如此失意之況,反觀他人仕途之通達,除了羨慕,亦生自憐自嘆之情。如〈宣城送劉副使入秦〉:

> 君攜東山妓,我詠北門詩。

以劉副使奏功歸朝與自身懷才不遇,兩種截然不同的際遇產生強烈對比。又於〈寄崔侍御〉首頷兩聯可見:

> 宛溪霜夜聽猿愁,去國長如不繫舟。
> 獨憐一雁飛南海,卻羨雙溪解北流。

言己去朝之後飄搖不定,如孤雁一般南去,只能遙羨他人為國為朝效力,展現李白艱難的政治處境與思念朝廷之情。詩人雖然一心向朝,但是苦無機會,直至人生末年仍是悲嘆自身之不遇,如:

> 蹉跎復來歸,憂恨坐相煎。無風難破浪,失計長江邊。
> 危苦惜頹光,金波忽三圓。(〈贈宣城宇文太守兼呈崔侍御〉)
>
> 九日茱萸熟,插鬢傷早白。登高望山海,滿目悲古昔。
>
> (〈宣城九日聞崔四侍御與宇文太守遊敬亭余時登響山不同此賞醉後
> 寄崔侍御二首其一〉)

二者皆是李白五十三歲初至宣城所作,而由「危苦惜頹光」與「插鬢傷早白」可知此時李白自認年紀頗長,除了哀嘆時光的無情,也在言失意之悲苦與其人生處境之無助。最後以〈臨終歌〉回顧李白一生,可見其胸懷壯志,卻仍舊無法施展的無奈與鬱悶。

　　儘管面對現實的不順遂,李白卻不願就此臣服於命運,於〈贈從弟宣州長史昭〉與〈贈宣城趙太守悅〉可見其於苦難中的堅毅之心。

> 才將聖不偶,命與時俱背。獨立山海間,空老聖明代。
> 知音不易得,撫劍增感慨。當結九萬期,中途莫先退。
>
> (〈贈從弟宣州長史昭〉)

此言詩人生不逢時,命運不濟,無法一展長才,亦在感嘆知音難尋。不過由末二句可見李白在此困境仍懷有抱負,將自己與從弟俱比為大鵬,願能結伴高飛,一同實踐理想。

　　　獼猴騎土牛，羸馬夾雙轅。

　　　願借羲和景，爲人照覆盆。(〈贈宣城趙太守悅〉)

前二句以獼猴騎土牛以行，瘦馬乘載雙轅之重，敘述自身難以爲進的
狀況，故後二句言希望藉由「羲和日」趙悅之力以重回官場。

　　由上述之詩可知，李白受儒家思想影響甚深，以入仕爲其人生目
標，希望能爲國家社會貢獻己力，然而事與願違，於李白宣州詩中可
見其哀愁與悲怨。不過此種負面情緒並非就此困住李白，其自有紓解
之道：

　　　長風萬里送秋雁，

　　　對此可以酣高樓。(〈宣州謝朓樓餞別校書叔雲〉)

　　　悶爲洛生詠，醉發吳越調。(〈經亂後將避地剡中留贈崔宣城〉)

　　　置酒凌歊臺，歡娛未曾歇。

　　　歌動白紵山，舞迴天門月。(〈書懷贈南陵常贊府〉)

　　　題輿何俊發，遂結城南期。築土按響山，俯臨宛水湄。

　　　胡人叫玉笛，越女彈霜絲。自作英王胄，斯樂不可窺。

　　　(〈九日登山〉)

飲酒、賞歌舞、望美景等爲李白解憂之法。如前章所言，身爲酒仙
的李白，不僅以酒助興暢心，更藉酒消愁解憂。詩人在酒精的催化
之下，配合歌舞音樂的薰陶，暫時忘卻人生的苦悶不如意。登高望
遠亦有轉換心情之用，見自然風景之壯麗，以開闊心胸視野。藉由
不同的感官刺激，可以使人不再受困於當下的負面情緒，去除內心
的抑鬱之情。

　　從上述可知，李白深具「安社稷」、「濟蒼生」的政治懷抱，然
而仕途一再失敗，政治理想終於落空使他陷入憂鬱的情緒。〔註11〕
不過面對困境，李白仍保有不願低頭的傲氣，並自有紓解的方法。
因此逆境雖是人生的考驗，但不盡然只有壞處。如歐陽脩在《梅聖
俞詩集序》中寫道：「然非詩之能窮人，殆窮者而後工也。」〔註12〕

〔註11〕陳懷心：《李白飲酒詩研究》，頁 61～62。

〔註12〕童慶炳：《中國古代心理詩學與美學》(臺北：萬卷樓圖書，1994 年)，

詩人於坎坷的際遇中能有不同的生活體驗，與更深層的內心體悟，進而化作內在能量以創作出更好的作品。

二、造浪漫之境：鄰於理想

　　李白一生對政治功業積極追求，建功立業爲其人生一大要事。若由藝術創作角度視之，此爲其浪漫主義精神的起點。因在社會動亂、朝廷腐敗、小人輩出的狀況之下，詩人求仕受阻，轉而藉由尋仙訪道超脫現實以解憂，而產生許多浪漫主義的作品。他的這種對於其所憎恨的不合理現實之堅決否定，及對於所嚮往的理想境地之熱情追求，乃是他的浪漫主義精神的最高表現。〔註13〕然而「造境」所寫之境界亦是非現實生活中所存有，情景與事物皆是由詩人的想像而生，正好以展現李白宣州詩中的理想之境。

　　仙是一個理想狀態，古人常在受挫於現實之際，將求仙作爲其精神寄託。李白亦是如此，晚年遊歷於宣州之時仍爲不遇，於其詩中似有意無意言及仙人之事，如：

>　　天開白龍潭，月映清秋水。……黃鶴久不來，子安在蒼茫。
>
>　　（〈自梁園至敬亭山見會公談陵陽山水兼期同遊因有此贈〉）
>
>　　谿流琴高水，石聳麻姑壇。白龍降陵陽，黃鶴呼子安。
>　　羽化騎日月，雲行翼鴛鸞。下視宇宙間，四溟皆波瀾。
>
>　　（〈登敬亭山南望懷古贈竇主簿〉）
>
>　　赤鯉湧琴高，白龜道冰夷。靈仙如仿佛，奠醊遙相知。
>
>　　（〈九日登山〉）

〈自梁園至敬亭山見會公談陵陽山水兼期同遊因有此贈〉之句，不只在述陵陽山水之美，更言陵陽子明因白龍而上陵陽山修煉成仙，及仙人子安乘黃鶴而去之神話。其次，〈登敬亭山南望懷古贈竇主簿〉所言琴高水是爲琴溪，傳說爲琴高乘鯉入水之地，麻姑壇相傳爲麻

頁 31。

〔註13〕胡國瑞：〈李白詩歌中的浪漫主義精神及藝術特點〉，夏敬觀等：《李太白研究》（臺北：里仁書局，1985年），頁 326。

姑修練成仙之處。「白龍降陵陽，黃鶴呼子安。」二句則與上述之詩相同，言陵陽子明與仙人子安。「羽化騎日月」四句則描寫李白對於羽化成仙後，能超脫於世事之外，擺脫現實痛苦之嚮往，故言理想仙人之幻境。最後，於〈九日登山〉亦言琴高乘鯉及水神冰夷之事，表達其慕仙之心。不過「仿佛」二字道出所言仙人之事皆是想像而見，並非眞實存有之事，詩人應是有所寄託才在詩中言仙。

接著看，〈當塗趙炎少府粉圖山水歌〉、〈送當塗趙少府赴長蘆〉二首之中，不但以「南昌仙人趙夫子」、「仙尉趙家玉」等稱讚趙少府如漢代南昌尉梅福爲仙人。於〈當塗趙炎少府粉圖山水歌〉末句「五色粉圖安足珍，眞仙可以全吾身。若待功成拂衣去，武陵桃花笑殺人。」更言成仙之益處，奉勸趙少府宜及早引退修道爲仙。全詩繪畫與實景交融，使讀者暢遊於所繪所寫的山水之間，充滿豐富的想像色彩。

同是勸他人隱居學道之詩，又如〈經亂後將避地剡中留贈崔宣城〉：

> 忽思剡溪去，水石遠清妙。雪盡天地明，風開湖山貌。
> 悶爲洛生詠，醉發吳越調。赤霞動金光，日足森海嶠。
> 獨散萬古意，閑垂一溪釣。猿近天上啼，人移月邊棹。
> 無以墨綬苦，來求丹砂要。華髮長折腰，將貽陶公誚。

此詩爲安史之亂時，李白避亂隱身招同志之作。其中「無以墨綬苦，來求丹砂要。」勸崔宣城在此國家動盪之時，不應出仕爲官徒增勞苦，而是隱身求道爲好。「墨綬」及「丹砂」除了顏色上的鮮明對比，更是代表「入世」與「出世」的不同選擇，尋求丹砂的要訣，意味著求道成仙之事。若將後半段合而論之，可見李白對當時社會紛亂無力面對，已不執著於成就功名，而是選擇避世於山林之間，尋求另一個理想境地以安身。

由前者詩句所論可知，李白宣州詩中的仙道思想與其嚮往，至於〈宣州謝朓樓餞別校書叔雲〉除了描寫李白滿懷憂愁的失意，亦

展現他的超脫與瀟灑，如下：

> 俱懷逸興壯思飛，欲上青天攬明月。……人生在世不稱意，
> 明朝散髮弄扁舟。

其言李白陶醉於美酒與詩文之中，興致與思緒飛騰，直欲奔至青天之上抱攬明月。這是一種精神理想的超脫，也是蘊含詩人欲擺脫塵世的意念。末二句嘆己人生不遇，將隱居不仕，似有瀟灑脫俗之心，也是逃離現況之舉。因此李白的浪漫主義不僅寫理想的仙道之事，也在訴說對現實社會的不滿，體現了功業受阻的鬱悶，及力圖衝破此種現實與理想扞格的複雜心情。

「寫境」與「造境」為兩種不同的藝術表現手法，但王國維言：「二者頗難分別。因大詩人所造之境，必合乎自然，所寫之境，亦必鄰於理想故也。」〔註 14〕王國維認為何者為純粹的「寫實」，或是純粹的「理想」難以分別，是因為寫實中含有作者的理想，理想中又有自然現實的部分。如同葉嘉瑩所說：

> 蓋「寫境」之作所寫者雖屬現實情景，但既寫之於作品之
> 中，就也已脫離了現實之關係與限制；而「造境」之作所
> 寫者雖屬非現實之情景，但其取材及安排也仍須合於自然
> 法則。

以上王國維與葉嘉瑩二人在強調，「寫境」並不單單只是寫實，「造境」也非皆是理想虛幻。不過若就其寫作內容來看，仍可依其為現實所存有，或是非現實可見而分成「寫境」與「造境」。

總之，經上述分析可知，李白宣州詩於「寫境」部分描寫個人生命所遇之苦難，展現其堅忍不拔之心。於「造境」部分則是因前途的受阻而生的慕仙、求仙之意，望以藉此超脫解憂。前者多著墨於李白現實所遇之真實處境及景物，後者則是重於描繪其想像的理想境界。李白雜揉儒家積極濟世的精神，與道家無為而治的思想，真實地將自己的情感、精神與意志展現於作品之中。

〔註 14〕王國維著，徐調孚校注：《校注人間詞話》，頁 1。

第二節　「陌生化」的審美視野

　　文學語言本就異於一般語言，如美國學者雅可布遜（Roman Jakobson）所言：「詩性語言是對實用語言的變形和扭轉，是一種『反常化』（陌生化）的結果。」〔註15〕雅可布遜認為，文學語言轉化了日常語言的本質，以非一般性的表達方式呈現，此種狀況即為反常化（陌生化）。德國哲學家海德格爾（Heidegger）與形式主義者提及藝術就是一種陌生化，意味著與生活的疏離。俄國學者什克洛夫斯基（V.Shklovsky）亦云：「詩歌的目的，就是要顛倒習慣化的過程……創造性地損壞習以為常、標準的東西，以便把一種新的、童稚的、生氣盎然的前景灌輸給我們。」〔註16〕文學創作需與日常生活疏遠，使用非習慣化的方式表達，產生一種陌生化的美感。以下將從「心理距離」與「審美聯想」來析探李白宣州詩中陌生化展現。

一、心理距離

　　日常生活中處處有美，但並非人人都能發現它的存在。無法滿足生活基本需求者，或過度沉浸於悲傷、憂慮之人，因困於當下情緒，無心留意周邊事物，對於美沒有感受力。因此英國學者愛德華·布洛提出「心理距離」說，認為我們若要發現周圍事物的美和詩意，就必須在事物與我們的利害考慮之間，插入一段「距離」，使我們能換另一種不尋常的眼光去看事物。〔註17〕

　　布洛所言「距離」，並非指稱今昔的時間距離，與遠近的空間距離，而是主體與客體之間，藉由心理調整而成的「心理距離」。要產生此種距離需要擺脫外在的功利慾望與目的性，單就其本質視之。

〔註15〕雅可布遜（Roman Jakobson）與人合著〈文學與語言學研究的課題〉，見閻國忠等主編：《西方著名美學家評傳》下冊，〈雅可布遜〉（合肥：安徽教育出版社，1991年），頁297～298。

〔註16〕（俄）維克多·鮑里索維奇·什克洛夫斯基（V.Shklovsky）〈藝術及手法〉，見閻國忠等主編：《西方著名美學家評傳》下冊，〈雅可布遜〉，頁279～283。

〔註17〕童慶炳：《中國古代心理詩學與美學》，頁39。

雖說康德認為審美活動是一種主客體的合目的性，不過這純然是審美對象的形式直覺地合乎主體意象，而非現實概念的合目的性或個人欲望的滿足，是不具利害關係和概念性的。〔註18〕

　　至於「心理距離」的拿捏，藝術作品應貼近生活經驗，才易產生共鳴，但當兩者太過靠近之時，欣賞者會從藝術作品中脫離，沉溺於自身經驗當中。因此，理想的藝術境界是「不即不離」，不因距離過遠而無法理解，不因距離消失而讓實用動機壓倒審美享受〔註19〕，如王國維所言：「詩人對宇宙人生，須入乎其內，又須出乎其外。入乎其內，故能寫之。出乎其外，故能觀之。入乎其內，故有生氣。出乎其外，故有高致。」〔註20〕創作者要能「入乎其內」又能「出乎其外」，此為最佳的審美心理距離。以下先來看李白對宣州山水美景之描繪：

> 敬亭愜素尚，弭棹流清輝。冰谷明且秀，陵巒抱江城。……
> 天開白龍潭，月映清秋水。黃山望石柱，突兀誰開張？……
> 東南焉可窮？山鳥飛絕處。稠疊千萬峯，相連入雲去。

此首詩以李白與僧人會公討論陵陽美景為主要內容，因此詩中有許多描寫山水之句。李白見樸素高尚之敬亭山而停舟賞景，會公言白龍潭水清澈蕩漾，黃山和石柱山高聳層疊，山水美景使騷人墨客慕名而來。詩人以自身經驗及適當的距離觀察景物，無關功利目的客觀地將所見之景描繪出來，展現各個景色的特殊性，讓讀者如臨美景幽境之中。敬亭為宣州名山，常與宣州主要水源宛、句兩水相提入詩，如：

> 敬亭白雲氣，秀色連蒼梧。
> 下映雙溪水，如天落鏡湖。（〈贈宣州靈源寺仲濬公〉）

> 時遊敬亭上，閒聽松風眠。
> 或弄宛溪月，虛舟信洄沿。（〈贈宣城宇文太守兼呈崔侍御〉）

〔註18〕謝碧娥：〈杜象的現成物選擇與審美的本質直觀（上）〉，收錄於《鵝湖月刊》，第三九五期，2008年5月，頁55。

〔註19〕參見童慶炳：《中國古代心理詩學與美學》，頁164～165。

〔註20〕王國維著，徐調孚校注：《校注人間詞話》，頁35。

〈贈宣州靈源寺仲濬公〉四句為描寫敬亭山如蒼梧山一樣秀色幽渺，映於宛、句二溪之上，其景壯美。當中詩人將自身所體察之事物，運用譬喻手法，讓讀者能更容易進入詩中所描繪的景致之中，感受詩人所感，拉近距離以產生共鳴。

〈贈宣城宇文太守兼呈崔侍御〉雖是望受宇文太守與崔侍御引薦之作，但此四句在寫李白漫遊宣州山水之景。詩人於此暫時忘卻現實理想的功利慾望，以開放之心所言，其於敬亭聽松風而眠，遊於宛溪之上賞明月，詩中藉由山水景物的搭配，流露出詩人的自然閑靜。又分別描寫敬亭與宛溪之美者有：

> 登高素秋月，下望青山郭。(〈遊敬亭寄崔侍御〉)

> 吾憐宛溪好，百尺照心明。何謝新安水，千尋見底清。

> 白沙留月色，綠竹助秋聲。(〈題宛溪館〉)

〈遊敬亭寄崔侍御〉二句為描景之句，除了寫於秋季夜晚出遊見明月素麗，也言登敬亭俯視青山之景。〈題宛溪館〉李白將宛溪與新安水相比，不僅凸顯出宛水澄淨的特徵，也讓讀者更易於理解宛水之樣貌，後句言及岸邊白沙明月相映之景，綠竹秋風相接之聲，以增添景色之豐富性。

秋天是萬物逐漸蕭條沉寂的季節，此時詩人容易受外在環境所影響，對事物的敏銳度與感受力變得更加強烈，並將自身情感投注於天地外物之上，彷彿天地萬物也有相同的情感，產生「移情作用」。故古人面臨四季轉換之時，常有「傷春悲秋」之感，如〈謝公亭〉：

> 客散青天月，山空碧水流。池花春映日，窗竹夜鳴秋。

此詩為李白於謝公亭懷古之作。以春、秋季節之交替，利用視覺與聽覺摹寫，寫出池花、窗竹之轉換，嘆息景物仍在，人非昔也，詩中充滿愁緒。原本單純的時節遞換，卻因詩人的敏感的心思與體悟，產生了悲傷的情感。接著看〈寄當塗趙少府炎〉：

> 晚登高樓望，木落雙江清。寒山饒積翠，秀色連州城。

> 目送楚雲盡，心悲胡雁聲。相思不可見，迴首故人情。

由第二句「木落雙江清」可知，詩人應是於秋冬蕭瑟之際，登高望遠，見寒山秀色之景，因而產生思念故友，遙不可見的傷悲。綜觀古今之人常於抑鬱憂愁之時藉由登高以抒懷，李白在此所寫不僅貼近讀者，容易理解，又能運用景物特色營造寒冷悲戚的氛圍。最後來看李白以自然景物撫慰心靈之作：

　　　忽思剡溪去，水石遠清妙。

　　　雪盡天地明，風開湖山貌。（〈經亂後將避地剡中留贈崔宣城〉）

此是李白於安史之亂避難時所作，詩中有描寫戰爭紛亂的情形，有求道成仙的規勸，於此四句還見李白超脫物外之樂。剡溪的泉石清妙，可以遁隱養神，銀白雪景若見天地清明，微風吹徐於湖水山間，山水美景盡在眼前。李白因晚年常遊於宣州諸處，故於其詩中有許多對於山水景致的描繪，然而心理距離之說不只是人與景，亦能用於人與物之間，如：

　　　俯視鴛鷺羣，飲啄自鳴躍。（〈遊敬亭寄崔侍御〉）

　　　閒隨白鷗去，沙上自為羣。（〈過崔八丈水亭〉）

此處不寫鴛鷺與白鷗的外在實用性，而是描繪所見鷺鷥成群，隨性自處的樣態，表達願隨白鷗而去之心，展現李白對自然閒淡生活的嚮往。鴛鷺和白鷗是常見之鳥禽，詩人藉由對牠們的觀察描寫，融入自身情感，進而表達其內心真情。除了去除實用功利性，也須靜心觀物以見事物之美：

　　　洗心句溪月，清耳敬亭猿。（〈別韋少府〉）

　　　看花飲美酒，聽鳥臨晴山。（〈餞校書叔雲〉）

要能夠清除雜念，平心靜氣才能對萬物有所感，以另一種眼光去接觸事物，如上所提之詩句，放寬心以賞清溪明月，靜心以傾聽萬籟之音。此處李白運用視覺與聽覺的描摹，細膩地寫出身旁景致，生動展現萬物之意趣。

　　由上述內容可知，心理距離的產生，使審美主體能運用五覺感官去觀察與感受事物，而其審美對象不只是山水風景，亦可為自然萬物，只要創作者能不受客體實用性所影響，看見其最單純的本質即

可。如同李白詩中，雖是平常之景，但於其筆下可見屏除事物的功利目的，對萬物細心的體察，與細緻的描繪。因此詩人若能運用適當的心理距離剪裁，不僅作品容易產生共鳴，亦能將其感受眞實地傳遞給讀者。

二、審美聯想

　　審美活動是一種理性與想像力的結合，需去除成見利害，單就客體之表象，與主體心靈產生連結，於陌生化的狀態下，徜徉於想像世界當中。

　　被稱爲浪漫派詩人的李白，於其詩歌之中，我們往往感觸到一種超越現實的藝術形象，這種形象是由作者運用豐富的想像和大量的誇張所描繪出來的。〔註21〕然而詩中事物的形象構造雖是超越現實的誇張與想像，不過也來自於詩人對於實際生活敏銳的觀察力與感受力。

　　然而「想像」與「聯想」有何不同呢？童慶炳認爲「聯想」是一種心理機制，是藉由過去的記憶或是相似的經驗，與所見事物產生連結，進而轉化成另一種形象。所以「想像」與「聯想」雖然相似，但不相同。「想像」是自由空泛較不切實際的思緒，「聯想」則是透過對現實事物的觸發而成。因此想像是創作過程中所需的養分材料，聯想則是於詩歌內容中實際可見的藝術手法。關於聯想對於藝術的重要性，英國聯想主義心理學派認爲，沒有聯想，簡直就沒有人的意識活動，也沒有人的審美活動。〔註22〕

　　故下文將以童慶炳《中國古代心理詩學與美學》中提及的四種聯想成因〔註23〕，來探析李白宣州詩的藝術展現。

〔註21〕 胡國瑞：〈李白詩歌中的浪漫主義精神及藝術特點〉，夏敬觀等：《李太白研究》，頁327。
〔註22〕 童慶炳：《中國古代心理詩學與美學》，頁135。
〔註23〕 四種聯想的成因分別是接近聯想、相似聯想、對比聯想、因果聯想，下文以宣州詩使用之頻率依序論述之。

（一）相似聯想

　　相似聯想，又稱類似聯想，因性質與型態的相似所產生，於詩歌之中常與譬喻修辭一同使用。〔註24〕如：

　　　　下映雙溪水，如天落鏡湖。（〈贈宣州靈源寺仲濬公〉）

　　　　山從圖上見，溪即鏡中迴。（〈宣城九日聞崔四侍御與宇文太守遊
　　　　敬亭余時登響山不同此賞醉後寄崔侍御二首之二〉）

　　　　兩水夾明鏡，雙橋落彩虹。（〈秋登宣城謝朓北樓〉）

上者皆是運用修辭手法中的視覺摹寫，以溪水之清明可映照萬物的形象，與鏡子特性之類似，所產生的聯想作用。其中〈贈宣州靈源寺仲濬公〉以「如」字可見作者運用譬喻，言敬亭山之秀色如青天落入湖中一般。又此詩為李白贈高僧仲濬公之作，筆者認為所言「清明」並非僅指稱溪水之清澈，更含有對仲濬公風采與文采的推許。同《六祖壇經》所言：「身是菩提樹，心如明鏡臺，時時勤拂拭，勿使惹塵埃。」〔註25〕應可將此視為李白對仲濬公心如止水，水如明鏡的稱讚，因此「清明」也可用以形容內心清淨無雜念。另外〈秋登宣城謝朓北樓〉所描寫的「雙橋落彩虹」，是以鳳凰、濟川二橋跨於溪上之狀，與彩虹的外在形態相似而生聯想。故於此詩也可見，李白使用譬喻手法將「兩水比作明鏡，雙橋喻為彩虹」。

　　接著看：

　　　　連山似驚波，合沓出溟海。（〈九日登山〉）

　　　　彎弓綠弦開，滿月不憚堅。（〈贈宣城宇文太守兼呈崔侍御〉）

　　　　馬如一匹練，明日過吳門。（〈贈武十七諤〉）

以上亦是使用視覺摹寫及譬喻修辭以描物，寫李白所見之景，或是藉

〔註24〕「譬喻」基本上是一種「舉例說明」的手段。當一個「話題」的旨意不易表明時，另取一個能表出相同旨意的「話題」作引導。譬喻是以性質相似的兩種事物相比，與相似聯想的意旨相同，故於相似聯想上，常運用譬喻修辭的手法來表現。參考蔡謀芳：《修辭格教本》（臺北：臺灣學生書局，2003 年），頁 7。

〔註25〕（唐）釋慧能：《六祖壇經》（臺北：金楓出版社，1987 年），頁 26。

由描摹的樣態以展個人情志。〈九日登山〉二句寫李白重陽登高所見，山勢險峻相疊與巨浪相湧之狀，不僅形貌相似，也同樣給人驚心動魄之感。〈贈宣城宇文太守兼呈崔侍御〉二句是在描寫滿弓之形如滿月，表現李白願爲國從武的壯志。〈贈武十七諤〉所言「馬如一匹練」則是形容白馬飛馳，與白絹布飄逸在空中之樣態相似，寫出白馬奔馳的輕快感。

　　以上詩例皆是因實體的物與物之間的相似所產生的聯想，再來看虛實之間的相似聯想：

　　　相思如明月，可望不可攀。（〈自梁園至敬亭山見會公談陵陽山水兼期同遊因有此贈〉）

　　　長川豁中流，千里瀉吳會。
　　　君心亦如此，包納無小大。（〈贈從弟宣州長史昭〉）

　　　白若白鷺鮮，清如清唳蟬。（〈贈宣城宇文太守兼呈崔侍御〉）

此三例還是使用視覺摹寫及譬喻法。〈自梁園至敬亭山見會公談陵陽山水兼期同遊因有此贈〉二句將抽象的相思之情與實際可見的明月相比，認爲二者皆是只能於遠處觀望而不可得。〈贈從弟宣州長史昭〉四句以誇飾中的譬喻手法言從弟李昭心胸之寬大，與長川溪流能包容萬物的性質相同。〈贈宣城宇文太守兼呈崔侍御〉二句則是李白自清本性之語，強調自身的情操高潔，如白鷺羽毛、蟬鳴之聲，不因外在環境而有所改變。此三則詩例爲「以虛比實」，將抽象的情感情操與實體的事物產生聯想。

　　最後爲將實際之物，與不可捉模的自然現象產生「以實比虛」的相似聯想：

　　　魚鹽滿市井，布帛如雲煙。（〈贈宣城宇文太守兼呈崔侍御〉）

　　　世路如秋風，相逢盡蕭索。（〈遊敬亭寄崔侍御〉）

此二者仍是運用譬喻修辭，讓相似之物產生聯想。〈贈宣城宇文太守兼呈崔侍御〉二句在讚許宇文太守的賢能，「布帛如雲煙」以視覺摹寫的方式，將布帛之多與自然雲煙之盛兩種型態聯想在一起，

敍述在宇文太守的治理之下，物地富饒，人民無憂。〈遊敬亭寄崔侍御〉二句爲言社會人情的相處冷淡，與秋風冷落之感頗爲相似，以同樣凄冷的心理與觸覺感受產生聯想，亦道出李白對於世道的失望與感嘆。

（二）對比聯想

對比聯想，因性質及特點相反而產生，會與修辭法中的映襯一同使用。〔註26〕如：

> 君攜東山妓，我詠北門詩。（〈宣城送劉副使入秦〉）
>
> 昔攀六龍飛，今作百鍊鉛。（〈贈宣城宇文太守兼呈崔侍御〉）
>
> 何言一水淺？似隔九重天。（〈贈宣城宇文太守兼呈崔侍御〉）
>
> 古來登高人，今復幾人在？（〈九日登山〉）
>
> 雖有數斗玉，不如一盤粟。（〈書懷贈南陵常贊府〉）

〈宣城送劉副使入秦〉二句描寫劉副使奏功歸朝之風光，如謝安能攜妓以取樂，反觀自己，只能歌詠北門之詩，言不得志之悲，並以「君」與「我」、「達」與「窮」對比方式展現兩人迥異的際遇。〈贈宣城宇文太守兼呈崔侍御〉中「昔攀六龍飛」二句爲針對自身「今昔」與「窮達」的對比聯想，訴說昔日承君之寵信，如今卻處於困阨不遇之境。「何言一水淺」二句則是以水之淺近與天之遙遠，產生距離上的強烈對比，感嘆與宇文太守相隔遙遠不可及。值得注意的是，筆者認爲此「距離」不僅是訴說於空間之上相隔兩地，更有表達兩人於心理上的距離，似言宇文太守不懂李白急切爲國之心。由表達涵義來看，以上三者爲李白自嘆不遇之辭。又如〈九日登山〉二句以映襯方式對照今昔，遙想古於重陽佳節登高之人，於今又有幾人尚在，不僅言時光流逝之無情，亦在感嘆生命有限，有懷古嘆

〔註26〕「映襯格」必然涉及兩個要素：一個是「主客性」，一個是「相對性」。其中「相對性」是指主、客體之間必具有「相對」的性質。此與對比聯想的意旨相同，故於對比聯想常運用映襯手法來展現。參考蔡謀芳：《修辭格教本》，頁109。

今之感。也因為「時間」是人類無法抗拒與控制的自然之力，故從古至今皆可見對於「歲月不待人」的悲歎。再如〈書懷贈南陵常贊府〉二句為言當時戰事頻繁，社會紛亂，而導致農作物歉收。由修辭學角度視之，詩中以「玉」與「粟」相比，而「粟」為其描寫的重點，是映襯中的主體。故詩人所要表達的是亂世之中，「粟」比「玉」更加珍貴，能夠滿足基本生理需求才是第一要事。李白在此對社會的觀察與描寫，展現其為民煩憂的仁愛之心。

接著看：

築室在人境，閉關無世諠。(〈別韋少府〉)

無以墨綬苦，來求丹砂要。(〈經亂後將避地剡中留贈崔宣城〉)

〈別韋少府〉二句如陶淵明〈飲酒〉詩之五所言，以人境之吵雜與心境之靜謐產生對比，認為只要心能靜，便能不受外在環境所擾，展現李白的自在與自適。〈經亂後將避地剡中留贈崔宣城〉二句除了字詞可見「墨色」與「丹紅」於顏色上的強烈對比，亦是以「墨綬」與「丹砂」二物，分別代表「為官」與「歸隱」，對比寫出兩種不同的人生選擇。然而由詩人的用詞「無以墨綬苦」，言不要受到為官出仕之「苦」；「來求丹砂要」中「來」字則有招攬勸勉之意，可見歸隱求道是句中主體，也是李白所欲表達的重點。最後來看：

枝下無俗草，所植唯蘭蓀。(〈贈宣城趙太守悅〉)

此二句以「俗草」與「蘭蓀」兩種植物對比，並以「無」俗草與「唯」蘭蓀二字，喻趙家皆出賢能之輩，並無凡俗之士，不僅讚揚趙太守個人，更是對趙氏先祖的美言。

（三）因果聯想

因果聯想，是對具有因果、主從關係事物所產生的一種聯想。如：

蜀國曾聞子規鳥，宣城還見杜鵑花。(〈宣城見杜鵑花〉)

以上二句不僅藉杜鵑花是由蜀王杜宇幻化為杜鵑鳥，因悲傷啼血染紅花朵而來的神話，將花鳥兩者串聯在一起，亦與李白於蜀國與宣

城的生活產生連結。因此詩人於異地見杜鵑花時，回想到曾於故國發生的種種之事，如聞杜鵑悲悽的鳴叫之聲，心頭湧上思鄉之情。又如：

> 夜臺無李白，沽酒與何人。(〈哭宣城善釀紀叟〉)

此二句充分展現詩人寫作之妙。因為紀叟的離世，就此與李白相隔陰陽兩界，如今於黃泉之下僅有紀叟一人，而產生「釀酒予何人」的疑惑，不僅表達對於好友紀叟離去的不捨與感慨，更流露出兩人深厚的情感。

（四）接近聯想

接近聯想，是因時間、空間，或是關係上的接近而生的聯想，如：

> 大勳竟莫敘，已過秋風吹。……借問幾時還，春風入黃池。
>
> (〈宣城送劉副使入秦〉)

此為李白為劉副使餞別之作。詩的前半部分在言，送別之景與劉副使奏功歸朝的過程，其中「已過秋風吹」句，應是指時節已過秋季，亦有為時已晚的涵義，感嘆劉副使有功卻未能受肯。後所言「借問幾時還」二句道出好友分離之不捨，待至春風吹入黃池之地，大地回暖之時，則為歸期也。因此由詩句可見，兩人分別之時，應為秋季以後，春季以前，是為冬季。

由以上分析可知，李白宣州詩中有超過半數以上之詩使用「聯想」，可見其不僅運用白描直述的寫作手法，描繪山川景物、生活處境，更依據所寫對象不同的特點加以剪裁修飾，使得筆下景物更加生動怡人。

第三節　善用技巧添涵義

以下將從「運用體裁以增色」與「據事類義援古證今」兩方面來觀李白宣州詩中技巧表現。

一、運用體裁以增色

古人以爲「文」是「言之精」,「詩」是「文之精」〔註27〕,將詩視爲一種精煉的文學語言。然而「精煉」並不等於「簡化」,所謂「精煉」是以最少的語言文字,呈現最豐富的思想內涵,如法國作家巴爾札克所言:「用最小的面積驚人的集中了最大量的思想。」若將所見事物,與所欲表達之情感,如流水帳一般的紀錄,即毫無藝術價值可言。故任何文學作品都需經過作者的剪裁、濃縮與重組,以精煉的語言流露。

除了使用精煉的語言之外,能善用不同的文學體裁以表達不同的內容,亦是詩人應具備的能力,對於內容和形式上的掌握力,亦是影響作品好壞的重要因素,如陳伯海於《唐詩學引論》中所列,各種詩歌體裁皆有其適合的寫作內容,整理如下簡表:

表 4-3-1　三種詩歌體裁之運用

詩歌體裁	體 制	寫 作 運 用
古風	放蕩	言志抒懷、感事寫意,無施不可
絕句	凝縮	適合抒述個人感興,作風自然、渾成含蓄
律詩	適中	有限範圍屈曲盤旋

（根據陳伯海《唐詩學引論》頁 171～172,李易臻制表）

由李白宣州詩得以見之,運用最多的是古風,其次是律詩,最後才是絕句。絕句因僅有三首,資料較爲不足,故筆者主要探討古風與律詩,並將以下分爲「古風承氣韻」、「律詩詠美景」兩個部分討論之。

（一）古風承氣韻

古風,又名古體詩或古詩,是產生於唐代以前的一種詩歌體裁,與近體詩（今體詩）相對。以格律來看,古體詩較近體詩寬鬆自由,

〔註27〕吳代芳、李培坤:《唐人絕句藝術談》,頁 66。

不若律詩嚴格要求平仄與對仗，於音韻亦可使用多個韻部，較爲自由且富變化；句式有四言、五言、七言等形式，不過唐人古風仍多以五、七言爲作。

劉熙載於《藝概・詩概》中有言：「長篇以敘事，短篇以寫意；七言以浩歌，五言以穆誦。」〔註28〕長篇之詩適合敘事，可營造作品氣勢，但須注意勿過於拖沓；短篇之詩則適合寫意，可感受作品力道，但有取材片段或破碎之慮。字數的多寡與音節的單雙〔註29〕，也影響著詩的節奏韻律及其功能性，單式詩句有流暢輕快之感，雙式詩句則有緩慢穩定的特性。而五言與七言因爲字數結構上的不同，亦常被用於不同的內容展現（見表 4-3-2）。

表 4-3-2　唐代五、七言古詩之藝術形式與發展

	五 言 古 詩	七 言 古 詩
音調字數	五言字少→安詳舒緩，近乎平時說話的語調	七言音促→發揚蹈厲，類似乎朗誦或歌唱表演的聲腔
藝術手法	氣象渾成，結構謹嚴，語言質實→接近口語和散文的表現方式	才氣縱橫，奇變相生，色彩絢爛，音節瀏亮→體現出歌詩正宗的美學風格
演進軌跡	起源於民歌	
	齊梁新體→漢魏古調→特色唐音	六朝歌行→唐人歌行與古風
	1.保留漢魏遺響稍多	1.完全出自新意
	2.承受散文化的痕跡較深	2.注重詩歌韻律的創新
	3.停留於言志述懷、寫景抒情的傳統領域	3.在感事寫意、敘議兼施的方面走得更遠
	4.直陳式的寫法和質實的文風	4.更多章法上的穿插變化，也更考究與言的色澤和修辭的技巧

（根據陳伯海《唐詩學引論》頁 138～144，李易臻製表）

〔註28〕（清）劉熙載：《藝概》（臺北：廣文書局，1974 年），卷二，頁 16。
〔註29〕句式有兩種音節形式，依音步停頓的方式可分爲單式句或雙式句，句式之單雙以最後一音節爲定。近體詩多屬於單式句形式。

　　唐代五、七言古詩不僅沿襲了漢魏文學之特色，更發展了屬於大唐古風的特色，五古題材多爲簡樸自然，爲詩人的感發興寄；七古除了整齊的七言之外，參差的雜言亦列於七古之中，故於體制、於內容之上皆較多創新與變化。具體而言，在盛唐聲律、風骨兼備的詩歌環境中，五、七古藝術形式起了相互彌補、配合的審美作用，不但衍爲盛唐古風的理想體式，同時並駕齊驅地成爲眞正的唐音。〔註30〕

　　古體詩重於展現詩歌渾然端正的氣勢，與含有對現實生活不便直言的寄託，讓「風骨與興寄」爲其一大重點。

　　「風骨」原爲東漢品評人物外貌與神韻之概念，指人擁有端正的品格和剛強的氣質，至魏晉六朝時，則開始用於文論與畫論，指稱文藝書畫中的氣勢與文采，於劉勰《文心雕龍》中，更被用來當作文學批評的專業術語。〈風骨〉篇之內容主要可分爲三部分。首先爲解釋風骨的涵義並言其重要性，由「是以怊悵述情，必始乎風；沉吟鋪辭，莫先於骨。故辭之待骨，如體之樹骸；情之含風，猶形之包氣。結言端直，則文骨成焉；意氣駿爽，則文風清焉。」〔註31〕可知「風」與「骨」爲兩種概念，「風」屬內在情意傳遞，要有清新爽朗的氣勢；「骨」則屬外在語言表達，要有端正剛健文辭。因此「風骨」是爲一種激昂奮發、剛健簡潔的美學風格。其次就曹丕《典論・論文》中所言：「文以氣爲主，氣之清濁有體，不可力強而致。」〔註32〕說明「文氣」之重要，並以「建安風骨」作爲後世之作的典範。最後則述何以創造風骨。

　　「興寄」源於漢代的「美刺比興」觀念。藉由「美」和「刺」兩種方式，對於上位者進行頌揚或勸諫，以達其政治目的。如鄭玄

〔註30〕蘇珊玉：《盛唐邊塞詩的審美特質》（臺北：文津出版社，2000年），頁276。
〔註31〕（南朝梁）劉勰：《文心雕龍》，卷六〈風骨〉，頁41。
〔註32〕（魏）曹丕：《典論》（北京：中華書局，1985年），頁1。

《詩譜序》：「論功頌德，所以將順其美；刺過譏失，所以匡救其惡。」
〔註33〕而美刺的內容需要藉由比興的手法來展現，「比、興」最早是
用來分析《詩經》的寫作手法，後廣用於各類文學作品，宋代儒者
朱熹於《詩集傳》更為明確的定義，「比」就是比喻，因為有相似之
性質特徵，故可將原本無關的事物拿來相比；「興」就是起興，是藉
助其他事物作為一個發端，進而引發所欲表達之內容。因為有的「興」
兼有「起興」與「比喻」的雙重作用，所以「比興」二字連用之時，
往往在講作品之中所隱含的寄託之意。

　　總的來看，風骨和興寄於內容及形式上面各有其不同內涵，比
較來說，風骨注重氣勢，容易導向詩人主體性的發揚；而興寄講求
寄託，往往要落腳到詩篇所反映的社會客體。〔註34〕以其發展的歷
程可知，因風骨論較興寄說出現的更早，故寫作眼光是由主觀的個
人情懷逐漸放遠至客觀的社會觀察。

　　似因古風容易增衍，寫人述懷較易開展，且具敘述性的體裁特
點能合乎宣州詩的創作需求，故於李白宣州詩中有將近三分之二為
運用古風而作，以下分別以詩中展現的「風骨」與「興寄」舉例分
析之：

　　首先，以較類似於東漢品評人物的風骨概念視之，如〈贈宣州
靈源寺仲濬公〉：

　　　　此中積龍象，獨許濬公殊。風韻逸江左，文章動海隅。

此四句為稱讚仲濬公的風度與文采，言其風韻氣度超越江東之人，文
章才華足以震動沿海地區，也因為有此才氣，而被李白所讚許，認為
其脫穎於眾高僧之間，賦予清明高妙的形象。

　　接著看〈贈從弟宣州長史昭〉：

　　　宗英佐雄郡，水陸相控帶。長川豁中流，千里瀉吳會。
　　　君心亦如此，包納無小大。搖筆起風霜，推誠結仁愛。

〔註33〕（漢）毛亨傳，（漢）鄭玄箋，（唐）孔穎達等疏：《毛詩注疏及補正》
　　　　（臺北：世界書局，1963年），頁1。
〔註34〕陳伯海：《唐詩學引論》，頁14。

此讚堂弟李昭爲宗族之英才，治理宣州諸處有成，言李昭之心如江水之廣，望能包容與接納自己。「搖筆起風霜，推誠結仁愛」二句更明確描寫李昭的性格，於公認眞嚴肅，秉公處事，於民眞誠相待，仁愛爲懷。展現李昭剛強端正的品格，以及柔軟親民的特性。

同爲讚揚他人治地有功者，又如〈宣城送劉副使入秦〉：

> 君即劉越石，雄豪冠當時。淒清橫吹曲，慷慨扶風詞。
> 虎嘯俟騰躍，雞鳴遭亂離。千金市駿馬，萬里逐王師。
> 結交樓煩將，侍從羽林兒。統兵捍吳越，豺虎不敢窺。

首二句讚賞劉副使如晉人劉坤有雄豪之性格，「淒清橫吹曲」至「萬里逐王師」爲對「雄豪」一詞的闡釋與實際描寫，「樓煩將」跟「羽林兒」則指劉副使能善用勇兵悍將以衛吳越之地，對於安定地方秩序有其貢獻。以上爲描寫劉副使忠義豪壯的形象。

再來看〈贈宣城趙太守悅〉：

> 伊昔簪白筆，幽都逐遊魂。持斧佐三軍，霜清天北門。
> ……夔龍一顧重，矯翼凌翔鵾。赤縣揚雷聲，強項聞至尊。
> 驚飆頹秀木，跡屈道彌敦。

此在追述趙悅曾爲御史，以簪筆奏不法之事，並佐以地方捕捉盜賊、討伐流寇，言其之功，後受提拔高遷，文采與聲名耀於朝野，但無奈遭受蜚言攻擊而受貶斥，李白嘆時亂以摧賢臣，不過由此亦見趙悅剛直之性於亂世仍不移。

上述所舉「風骨」之例爲偏向人物品評與神貌描寫，讚揚擁有清妙風度、端正品格、豪壯氣質與堅忍性格等特性之人，接著是李白於詩中言個人志向，以見氣勢與文采，如〈書懷贈南陵常贊府〉末二句：

> 終當滅衛謗，不受魯人譏。

此詩前半部分爲言李白被小人所害而去官等不如意之事，只能藉酒爲樂以抒心中怨氣，後半部分描寫國家遇難，百姓愁苦之狀，最後二句爲李白砥礪自己應效法孔子，不受他人言詞所影響，保有自身剛正清明的品格，終能消滅他人的毀謗之言。詩中雖言己之不遇，

但可見李白更憂天下事的仁愛之心，及於亂世不變的端正之心。

再來看〈贈宣城宇文太守兼呈崔侍御〉：

> 白若白鷺鮮，清如清唳蟬。受氣有本性，不爲外物遷。

此爲李白欲受宇文太守及崔侍御提拔引薦之作，於首四句詩人即聲明自身本性之清白高潔，爲與生俱來的氣性，並不因外在事物而有所移，展現李白的自信與自守，又：

> 懷恩欲報主，投佩向北燕。彎弓綠弦開，滿月不憚堅。
> 閑騎駿馬獵，一射兩虎穿。回旋若流光，轉背落雙鳶。
> 胡虜三歎息，兼知五兵權。

言天寶十一載的幽州之行，正爲國家戰亂之時，李白願棄文從武以盡一己力，展現詩人報效國家的忠心，「彎弓綠弦開」至「轉背落雙鳶」生動描寫戰爭時英勇的騎射之姿，可見李白滅胡之雄心壯志。

同是展現李白爲國爲朝之心，如〈遊敬亭寄崔侍御〉：

> 世路如秋風，相逢盡蕭索。腰間玉具劍，意許無遺諾。
> 壯士不可輕，相期在雲閣。

李白雖然感嘆世道之衰微，人情道義漸不受重。不過仍心懷志向，希望爲國平亂解難，並於心中默許能與崔侍御共同報效朝廷。

最後看〈宣州謝朓樓餞別校書叔雲〉：

> 蓬萊文章建安骨，中間小謝又清發。
> 俱懷逸興壯思飛，欲上青天攬明月。

「蓬萊文章建安骨」爲李白對於文章作品自然天成的要求，和擁有慷慨氣概的重視，「中間小謝又清發」是對謝朓清新詩風的讚揚，由此二句可見，李白對於理想詩文作品的標準，與自然清麗之風的認同。「俱懷逸興壯思飛，欲上青天攬明月」則可見李白雖惦記著其未完成的理想，但於逸興併發，壯思飛騰之際，產生欲擺脫於塵世的意念，亦展現其胸中豪氣。

由上述詩例可知，李白詩中不僅展現唐人固有的樂觀情緒，與建安文學中的英雄性格，以及屈原以來的理想精神和傳統相結合，進而

構成了唐詩（尤其是盛唐詩）的風骨〔註35〕，形成了唐代獨有的特色。

如前所述，「風骨」是主觀端正氣勢的發揚，「興寄」是反應客觀的社會現實，有對於政治進行美刺之用。因對上位者的奉勸諫言有時不宜太過直白的言說，故常運用比興的手法，將其隱含於作品之中，如〈書懷贈南陵常贊府〉：

> 歲星入漢年，方朔見明主。調笑當時人，中天謝雲雨。
> 一去麒麟閣，遂將朝市乖。故交不過門，秋草日上階。

首二句李白以東方朔自喻，觀見入朝。次二句為言任於翰林供奉之時，因調侃嘲笑時人而遭放還，無法沾主恩澤，由此展現李白豪放不拘之性，及對玄宗身旁逢迎拍馬之人表示輕蔑與不屑。去官遠遊後，漸與朝市相悖，與舊友疏於聯繫，而致門前生秋草，草生為人煙稀少，以「秋」字更添清淒冷落之感。此八句在寫李白入朝至去朝的過程，展現對小人佞臣的藐視，與不願同流的傲氣，接著：

> 雲南五月中，頻喪渡瀘師。毒草殺漢馬，張兵奪雲旗。
> 至今西二河，流血擁僵屍。將無七擒略，魯女惜園葵。
> 咸陽天下樞，累歲人不足。雖有數斗玉，不如一盤粟。

描寫天下亂事，當時雲南拒命，紛亂而起，「毒草殺漢馬，張兵奪雲旗」描寫唐朝面臨強兵所困，於戰亂之中死傷慘重，此時若將帥仍無智勇之謀，則禍及百姓，因戰爭而使累歲不登，穀價高漲，影響基本民生需求，可能再次造成國家民心的動搖。

同是反映社會混亂之況，如〈經亂後將避地剡中留贈崔宣城〉：

> 中原走豺虎，烈火焚宗廟。太白晝經天，顳陽掩餘照。
> 王城皆蕩覆，世路成奔峭。四海望長安，嚬眉寡西笑。
> 蒼生疑落葉，白骨空相弔。連兵似雪山，破敵誰能料？

此是針對安史之亂所述，以「豺虎」謂安祿山、史思明等盜賊叛亂之徒，次句同《新唐書》中載：「安祿山陷兩京，宗廟皆焚毀。」〔註36〕

〔註35〕陳伯海編：《唐詩彙評》，頁10。
〔註36〕（宋）歐陽脩、宋祁撰，楊家駱主編：《新唐書》，卷十三，志第三〈禮樂三〉，頁342。

言安祿山叛變時焚宗廟之事。「太白晝經天」至「白骨空相弔」為敘述國家喪亂之狀，皇城傾覆，宗廟損毀，世道艱險，於亂世之中百姓如落葉之凋落，死傷慘重。末二句謂雖唐兵如雪山之多，但能否克敵制勝仍無十足把握。

　　再者，如〈贈武十七諤〉：

　　　狄犬吠清洛，天津成塞垣。

「狄犬」亦是指安祿山等叛變之人，前者「豺虎」謂其兇猛殘暴，「狄犬」則不僅言其為異族，更是犬羊之質，才低質劣，故用「吠」字指其攻陷洛陽之舉，於字裡行間充滿貶低與斥責的意味。後句言東都洛陽淪陷之際，天津之地皆成戰場，亂事而起。

　　以上不僅是李白所處宣州之時，對當時社會境況最真實的描寫，也展現對政治的褒貶美刺，以「方朔見明主」自喻為東方朔，以「豺虎」與「狄犬」喻安祿山等叛變之徒，寄託李白處於世衰道微的無奈。

　　總體來看，李白運用古詩側重風骨與興寄的特點，以直言或託喻的方式，於其詩中展現了昂揚奮發的主體精神與關懷社會的細膩觀察，因此體裁特點所發展出的審美特質，與詩人的生命氣性，有密不可分的關係，也有相得益彰的審美效果。〔註37〕

（二）律詩詠美景

　　雖然律詩是於古典詩中格律要求最為嚴格的，不過唐人把聲律對於文辭的限制，轉化為對文句的改造和語言功能的積極開發，由此鍛造出一種精煉、含蓄而又明白、生動的語言風格，成為唐詩語言的基本特色。〔註38〕由李白宣州詩可見，詩人將律詩精煉字句的美學手法多用於寫景之中，如下分析。〔註39〕

〔註37〕蘇珊玉：《盛唐邊塞詩的審美特質》，頁259。

〔註38〕陳伯海：《唐詩學引論》，頁20。

〔註39〕以下詩例筆者依韻部排列順序討論之，以利展現聲情相近的詩篇於內容及形式表現上的不同。

首先看〈秋登宣城謝朓北樓〉：

江城如畫裏，山晚望晴空。兩水夾明鏡，雙橋落彩虹。

人烟寒橘柚，秋色老梧桐。誰念北樓上，臨風懷謝公？

此為一首登覽懷古的五言律詩，以「空」、「虹」、「桐」、「公」四字為韻腳，押平聲一東韻，因為東韻於發音時使用胸腔共鳴，故此韻整體給人氣勢寬宏的感覺。然就此詩韻腳四字與整體內容來看，於寫景之處亦有如夢似幻的陰柔之美。見頷、頸二聯為主要描景之句，且為律詩格律要求最嚴格之處，先視其平仄，由首句第二字可知此為平起式之詩，其中「秋色老梧桐」句為「平仄仄平平」，與韻譜「仄仄仄平平」不同，但因「一三五不論，二四六分明」的規則，對於句中奇數字只要不犯律，平仄之字皆可使用。以對仗來看，頷聯「兩水」與「雙橋」對，「夾」與「落」動詞相對，「明鏡」與「彩虹」對，皆為視覺摹寫；頸聯「人烟」與「秋色」，「橘柚」與「梧桐」為名詞兩兩相對，「寒」與「老」對，並作為動詞用，有使寒冷、使蒼老的意思，而此聯除了視覺摹寫，亦有「人烟寒橘柚」的觸覺摹寫。整體而言，此詩鋪排流暢，格律工整，內容與聲情配合得宜，善用感官描寫，亦兼顧遠近之景的描繪，為一佳作也。

接著看〈江上答崔宣城〉：

太華三芙蓉，明星玉女峯。尋仙下西岳，陶令忽相逢。

問我將何事，湍波歷幾重？貂裘非季子，鶴氅似王恭。

謬忝燕臺召，而陪郭隗蹤。水流知入海，雲去或從龍。

樹繞蘆洲月，山鳴鵲鎮鐘。還期如可訪，台嶺陰長松。

此是描寫安史之亂時，李白投往永王李璘而作之五言排律，以「蓉」、「峯」、「逢」、「重」、「恭」、「蹤」、「龍」、「鐘」、「松」等九字為韻腳，押平聲二冬韻，二冬韻與前者一東韻為鄰韻，聲情相似，同有寬宏之氣勢，因此為李白遭賜金放還後再度受重用，心中難免激動昂揚，正好與冬韻陽剛雄渾的特性相合。其中筆者視「太華三芙蓉，明星玉女峯」與「樹繞蘆洲月，山鳴鵲鎮鐘」為寫景之句，以平仄分析之，由首句可知此為仄起式之詩，而「太華三芙蓉」為「仄仄

平平平」，與韻譜「仄仄平平仄」不同，雖「一三五不論，二四六分明」，但末字改爲平聲，則造成「三平落底」的律詩大忌，故此平仄不可不論。對仗方面，徘律除首尾二聯外，中間各聯都須對仗。「太華三芙蓉，明星玉女峯」爲首句僅是視覺描寫並無對仗。「樹繞蘆洲月，山鳴鵲鎭鐘」二句，以「樹」與「山」草木地理相對，「繞」與「鳴」動詞相對，「蘆洲月」與「鵲鎭鐘」皆以地名加上物象相對，且此聯含有視覺及聽覺摹寫。此詩除了見李白寫景描物的功力，在格律與內容的搭配之下，更加深了詩歌的情感力度，感受到詩人終被所見的欣喜與悸動。

接著是展現物我兩忘之情的五言律詩〈過崔八丈水亭〉：

高閣橫秀氣，清幽併在君。簷飛宛溪水，窗落敬亭雲。
猿嘯風中斷，漁歌月裏聞。閒隨白鷗去，沙上自爲羣。

此詩以「君」、「雲」、「聞」、「羣」四字爲韻腳，押平聲十二文韻，文韻發音時爲合口呼，有平緩舒暢的感覺，與詩中所描寫亭中亭外的幽靜之景頗爲相合。接著，李白同樣安排頸、頷二聯作爲寫景之用，先視其平仄，由首句「閣」字可知爲仄起式之詩，「簷飛宛溪水，窗落敬亭雲」爲「平平仄平仄，平仄仄平平」與韻譜「平平平仄仄，仄仄仄平平」不同，「宛」與「窗」二字因爲奇數字並不受限，但「溪」字是偶數字此不合律。「猿嘯風中斷」的「平仄平平仄」與韻譜「仄仄平平仄」亦有不同，但因「猿」字位置可自由使用平仄，並無犯律。再者，對仗上頷聯以「簷」與「窗」宮室之物相對，「飛」與「落」意義相反，不過同是動詞，「宛溪」與「敬亭」地理名稱相對，「水」與「雲」爲天文之物相對。二句爲視覺摹寫，且使用空間壓縮手法，展現生動的景物於讀者眼前。頸聯側重於聽覺摹寫，以「猿嘯」與「漁歌」兩種聲音相對，「風中斷」與「月裏聞」詞性組合也相同。

同是描寫宛溪之景的又有〈題宛溪館〉：

吾憐宛溪好，百尺照心明。何謝新安水，千尋見底清。
白沙留月色，綠竹助秋聲。卻笑嚴湍上，于今獨擅名。

此是題詠宛溪景色之美的五言律詩，以「明」、「清」、「聲」、「名」四字爲韻腳，押平聲八庚韻，故雖是描寫宛溪清明平靜之景，但卻含有詩人振屬之氣。於平仄上，因首句「憐」字是平聲，故可知此爲平起式之詩。同是以頸、頷兩聯來描寫景物，見「何謝新安水」的「平仄平平仄」與韻譜「仄仄平平仄」相異，但首字可平可仄，故爲合律。於對仗上，頷聯的「何謝新安水，千尋見底清」爲視覺摹寫，音節斷句上並無問題，但以文法斷句則不太工整，「新安水」是河流名稱與「見底清」形容水之清澈見底意義上不相合，不過若以整體而言，二句爲一意，是爲流水對。至於頸聯則兼有視覺與聽覺摹寫，對仗上十分準確，以「白沙」對「綠竹」，不僅同爲自然之物且兼及對色彩的形容，「留」與「助」同爲動詞，「月色」與「秋聲」於視覺與聽覺上亦相互對應。

再來爲描寫登高所見之景的五言律詩〈寄當塗趙少府炎〉：

晚登高樓望，木落雙江清。寒山饒積翠，秀色連州城。

目送楚雲盡，心悲胡雁聲。相思不可見，迴首故人情。

此詩爲登高望淒景而生思念之情，以「清」、「城」、「聲」、「情」四字爲韻腳，與〈題宛溪館〉同是押平聲八庚韻，但展現的畫面意象卻有所不同，比起宛溪的清明寧靜，運用庚韻寫思念故友之心，加上淒冷的景致描繪，有壯闊振屬之感，可見李白的豪放傲氣。以頸、頷兩聯來看詩人登高所見的景物，由首句可知此爲仄起式之詩。「秀色連州城」的「仄仄平平平」，因第三字不照韻譜改爲平聲，而造成「下三平」之犯律。「目送楚雲盡，心悲胡雁聲」雖不合韻譜，但「楚」、「胡」二字並未對聲律造成影響。視其對仗，頷聯爲視覺摹寫，又「寒山」對「秀色」爲形容詞加名詞，「饒」與「連」皆爲動詞，「積翠」與「州城」皆是名詞。頸聯「目」與「心」爲形體器官，「送」與「悲」爲動詞，「楚雲盡」與「胡雁聲」除了言楚地與胡族，亦是爲視覺與聽覺感官相對。

最後看登覽懷古之作〈謝公亭〉：

　　　　謝公離別處，風景每生愁。客散青天月，山空碧水流。

　　　　池花春映日，窗竹夜鳴秋。今古一相接，長歌懷舊遊。

此是李白登謝公亭懷想謝朓而作的五言律詩，以「愁」、「流」、「秋」、「遊」四字為韻腳，押平聲十一尤韻，盤旋纏繞的尤韻與詩句內容配合之下，更加強化了詩人憂愁感慨之感。頸、頷二聯為主要的寫景之句，見首句「公」字可知此是平起式之詩。就平仄上而言，頸聯與韻譜完全相同，並無疑義，頷聯「窗竹夜鳴秋」為「平仄仄平平」，可見第一字「窗」與韻譜「仄仄仄平平」不相符，不過因為其是第一字奇數之位，且並無造成「連三平」、「連三仄」或是「孤平」與「孤仄」等音律上的問題，故並無犯律。在對仗上來看，頸聯為視覺摹寫，「客散」與「山空」同為名詞加上動詞，「青天」與「碧水」為色彩及天文地理相對，「月」與「流」則一為名詞，一為動詞。頷聯除了視覺摹寫，亦有聽覺摹寫，「池花」與「窗竹」相對，其中「春映日」與「夜鳴秋」為交叉對仗，以「映」與「鳴」動詞相對，「春」與「秋」季節相對，「日」與「夜」時令相對，由此可見，李白於固定板滯的格律要求之下仍求變化。

　　由以上詩例可見，李白宣州詩中多用律詩寫景抒情，且幾乎是以頷頸二聯來展現，當中善用視覺、聽覺、觸覺等感官描寫，增加內容的豐富度與表現景物的真實性。於用韻上，能使用不同的音韻特質，與詩中內容相配合，加強情感的表達；於平仄上，大部分皆合於韻譜，只有少數用字造成犯律情形；於對仗上，大致算是工整，但仍有變化，不是完全工對，藉此也可看出李白豪放不拘的性格。因為詩人能夠善用律詩凝縮的特質，不被其所限，自然地傳遞其深厚的情感，展現其對生活的體悟力，對事物的洞察力，以及對文字的駕馭力，故其詩歌佳作得以流傳至今。

二、據事類義援古證今

　　徐復觀言：「假使用典用得好，便可成為文學上最經濟的一種手段。因為一個典故的自身，即是一個小小的完整世界；詩詞中的典

故，乃是在少數幾個字的後面，隱藏了一個小小世界；其象徵作用之大，製造氣氛之容易與豐富，是不難想見的。」〔註40〕因此於詩歌中運用典故，不僅能使詩意凝鍊，亦能拓展內容的深度與廣度，如劉勰《文心雕龍》所言：「事類者，蓋文章以外，據事以類義，援古以證今者也。」〔註41〕藉由典故可以增強詩人的情感表達或是理念傳達，因此適當的運用典故，能增加豐富度與可看性，並為作品加分。李白本擅於用典，於宣州詩中亦能見其大量使用典故的特色，故以下分別以「語典」與「事典」二方面來探討李白如何巧妙運用典故。

（一）語出前人見風采

語典，是採用前人詩句、經史之言，或以古詩、童謠等俗語入詩。以下筆者將李白所用語典依其風格分為「雄健骨氣」、「閒適清風」、「齊梁餘媚」、「市井之言」及「其他」五部分討論之。

1. 雄健骨氣

李白於詩中引用與謝靈運、顏延之並稱「元嘉三大家」的鮑照之言：

> 下馬不作威，冰壺照清川。……安知慕羣客，彈劍拂秋蓮。
> 〈贈宣城宇文太守兼呈崔侍御〉

「冰壺照清川」出自鮑照〈白頭吟〉：「清如玉壺冰」〔註42〕在此以描寫宇文太守如同冰壺般潔淨，對其仁慈清明形象給予稱讚。詩末二句亦是出自鮑照之詩〈日落望江贈荀丞〉：「豈念慕羣客，咨嗟戀景沉」〔註43〕李白此言「慕羣客」其實是自謂之詞，希望能藉由崔侍

〔註40〕徐復觀：〈詩詞的創造過程及其表現效果——有關詩詞的隔與不隔及其他〉，收錄於《中國文學論集》（臺北：臺灣學生書局，1976 年 9月），頁 128。

〔註41〕（南朝梁）劉勰：《文心雕龍》，卷八〈事類〉，頁 52。

〔註42〕（南朝宋）鮑照：〈白頭吟〉，（南朝梁）蕭統編：《昭明文選》，卷二十八，頁 395。

〔註43〕（南朝宋）鮑照：〈日落望江贈荀丞〉，（清）錢振鋆注，黃節補注：《鮑參軍詩注》（臺北：世界書局，1974 年），卷三，頁 90。

御引薦以結識宇文太守，並在二人相助之下，施展長才，報效國家，故有此託。

　　而鮑照的詩主要學習張協和張華的創作技巧，因此李白詩中亦有援引二人之辭，如：

　　　　回旋若流光，轉背落雙鳶。（〈贈宣城宇文太守兼呈崔侍御〉）

「回旋若流光」語出張華〈博陵王宮俠曲二首〉其二：「騰超如激電，迴旋如流光」〔註44〕，形容動作矯健敏捷，轉身迴旋如同光速，展現李白胸懷衛國之壯志。因爲鮑照之詩含有外表樸質、意義深遠的西漢氣骨，頗爲李白所稱道，故太白之詩常雜有明遠之體，胡應麟《詩藪》亦稱：「（鮑照）上挽曹、劉之逸步，下開李、杜之先鞭。」〔註45〕

　　又有援引江淹之句：

　　　　大聖猶不遇，小儒安足悲！

　　　　雲南五月中，頻喪渡瀘師。（〈書懷贈南陵常贊府〉）

「小儒安足悲」一句出自江淹〈魏文帝曹丕遊宴〉：「高文一何綺，小儒安足爲」〔註46〕，自謂「小儒」與「大聖」孔子相比，感嘆如孔子般聖賢之人尚且不遇，自身所遇不順遂之事又何足傷悲。在此不只化用詩句，更以對比手法，凸顯詩人面臨人生無力之時的自我砥礪之情，文辭流利又有蒼勁。「雲南五月中」二句引用諸葛亮〈出師表〉：「五月渡瀘，深入不毛」〔註47〕言當時雲南拒命，唐軍兩次南征皆敗，痛失帥將的戰亂之狀。

　　再者，有出自庾信之語：

　　　　月明關山苦，水劇隴頭悲。（〈宣城送劉副使入秦〉）

〔註44〕（晉）張華：〈博陵王宮俠曲二首〉其二，逯欽立輯校：《先秦漢魏晉南北朝詩》（臺北：木鐸出版社，1988年），晉詩卷三，頁612。

〔註45〕（明）胡應麟：《詩藪》（北京：中華書局，1958年），頁143。

〔註46〕（南朝梁）江淹：〈魏文帝曹丕遊宴〉，（南朝梁）蕭統編：《昭明文選》，卷三十一，頁440。

〔註47〕（三國蜀漢）諸葛亮：〈出師表〉，（南朝梁）蕭統編：《昭明文選》，卷三十七，頁514。

詩之末句為用庾信〈蕩子賦〉:「隴水恆冰合,關山唯月明」〔註48〕
以述將與劉副使相別,吳秦二地遠如天涯兩邊,見明月照關山及隴
頭之水,只感覺到離別的悲苦。庾信文風蕭瑟哀戚,但不委靡,用
於描述此分別情景,有北方豪邁雄渾的氣勢。

　　見其宣州名作亦有:

　　　俱懷逸興壯思飛,

　　　欲上青天攬明月。(〈宣州謝朓樓餞別校書叔雲〉)

「壯思飛」語出盧思道哀祭文〈盧記室誄〉:「麗詞泉湧,壯思雲飛」
〔註49〕。李白胸懷興致,思緒飛騰,產生精神上的超脫,壯志豪氣溢
於詩中。而於此詩中,詩人用以感染我們的是,他滿懷憂愁而亟欲衝
脫這種憂愁的浪漫形象。〔註50〕

　　然言及風骨不得不提魏晉,李白對於風骨的推崇與重視,如前
所述,此不贅言,而李白對曹植的欣賞由《蘭莊詩話》可見:「曹
子建詩,質樸溫厚,春容雋永,風調非後人易到。陳子昂、李太白
慕以為宗,信乎晉以下鮮其儔也。予每讀其詩,灑然有千古之想。」
〔註51〕

　　最後看,宣州詩中調似子建之言:

　　　魚鹽滿市井,布帛如雲煙。(〈贈宣城宇文太守兼呈崔侍御〉)

「布帛如雲煙」為引用曹植〈聖皇篇〉:「文錢百億萬,采帛若烟雲」
〔註52〕指宣城在宇文太守的治理之下,政通民和,物產如雲煙一
般,不虞匱乏,以展現宇文太守之賢能。

〔註48〕 (北周)庾信:〈蕩子賦〉,(清)陳元龍奉敕編:《御定歷代賦彙》(上
　　　　海:上海古籍出版社,1987年),外集卷十五,頁277。

〔註49〕 (隋)盧思道:〈盧記室誄〉,(宋)李昉等奉敕編:《文苑英華》(上
　　　　海:上海古籍出版社,1987年),卷842,頁338。

〔註50〕 胡國瑞:〈李白詩歌中的浪漫主義精神及藝術特點〉,夏敬觀等:《李
　　　　太白研究》,頁323。

〔註51〕 阮廷瑜,〈李白詩析論〉,收錄於《書目季刊》,第20卷第3期,1986
　　　　年12月,頁34。

〔註52〕 (魏)曹植:〈聖皇篇〉,(魏)曹植撰,(清)丁晏編,黃節注:《曹
　　　　子建集評注》(臺北:世界書局,1998年),卷五,頁74。

曹植、張華、鮑照、江淹及庾信等詩中皆含有剛正昂揚的氣勢，正好符合李白性格中強韌不拔的特性，用於宣州詩無論是抒情或描景，可見其雄健陽剛之美。

2. 閒適清風

首先為慕擬謝朓之語，如：

> 送歸池上酌，掩抑清風絃。(〈贈宣城宇文太守兼呈崔侍御〉)

二句描寫宇文太守日晚而歸，酌酒於池上，有悠揚琴聲相伴。此為化用謝朓〈郡內高齋閑坐答呂法曹〉：「已有池上酌，復此風中琴」〔註53〕展現悠然自適之感。

又如：

> 我垂北溟翼，且學南山豹。(〈經亂後將避地剡中留贈崔宣城〉)

次句為用謝朓〈之宣城郡出新林浦向板橋〉：「雖無玄豹姿，終隱南山霧」〔註54〕之句，言當時戰爭紛亂而起，詩人學玄豹藏於南山以保身。從宣州詩內容展現可見謝朓對於李白的影響，由此，李白更將詩句化為己用，於詩中內容、於寫作手法上皆表達對謝朓的景仰之情。

接著看，語出淵明之典：

> 築室在人境，閉關無世諠。(〈別韋少府〉)

此為引用陶淵明〈飲酒〉之五：「結廬在人境，而無車馬喧」〔註55〕藉以說明無論身處何處，只要內心能夠保持平靜，便能不受外在環境所影響，擁有自在脫俗之心境。

再者：

> 或弄宛溪月，虛舟信洄沿。(〈贈宣城宇文太守兼呈崔侍御〉)

次句使用陶淵明〈五月旦作和戴主簿〉：「虛舟縱逸棹，回復遂無窮」

〔註53〕　（南朝齊）謝朓：〈郡內高齋閑坐答呂法曹〉，（南朝梁）蕭統編：《昭明文選》，卷二十六，頁358。

〔註54〕　（南朝齊）謝朓：〈之宣城郡出新林浦向板橋〉，《謝宣城詩集》，卷三，頁24。

〔註55〕　（東晉）陶淵明：〈飲酒〉之五，袁行霈：《陶淵明集箋注》，頁247。

〔註56〕以及謝靈運〈過始寧墅〉:「山形窮登頓,水涉盡洄沿」〔註57〕,描寫李白漫遊於宣州山水之間,恣意泛舟於宛溪之上,以賞明月之美。

又可見〈自梁園至敬亭山見會公談陵陽山水兼期同遊因有此贈〉:

> 敬亭愜素尚,弭棹流清輝。……水國饒英奇,潛光臥幽草。
>
> (〈自梁園至敬亭山見會公談陵陽山水兼期同遊因有此贈〉)

次句運用江淹〈謝法曹惠連贈別〉:「弭棹阻風雲」〔註58〕與謝靈運〈石壁精舍還湖中作〉:「山水含清暉」〔註59〕形容李白被清麗素美的敬亭山所吸引,願意停舟賞景,流連於此。後者「水國饒英奇」句為化用南北朝詩人范雲〈古意贈王中書〉:「岱山饒靈異,沂水富英奇」〔註60〕以寫陵陽之地除了擁有山水佳景外,亦是人才濟濟,有英才、名僧聚於此地。

陶淵明與有「大小謝」之稱的謝靈運、謝朓皆擅以描繪自然景物與山水風景為名,或有借景以抒情,於失意潦倒之時寄情山水,或是縱情於自然景物之間以忘其煩憂。而范雲詩風同謝朓般清秀明麗,訴情婉轉。故李白將此類詩人之句用於詩中,展現其清新秀發的詩歌風格。

3. 齊梁餘媚

李白詩風偏向清眞自然或是雄奇奔放,但仍有部分詩歌受齊梁餘媚所影響,如:

〔註56〕 (東晉)陶淵明:〈五月旦作和戴主簿〉,(晉)陶潛撰,(清)陶澍注:《陶靖節全集注》(臺北:世界書局,1974 年),卷二,頁 22。
〔註57〕 (南朝宋)謝靈運:〈過始寧墅〉,(南朝梁)蕭統編:《昭明文選》,卷二十六,頁 366。
〔註58〕 (南朝梁)江淹:〈謝法曹惠連贈別〉,(南朝梁)蕭統編:《昭明文選》,卷三十一,頁 448。
〔註59〕 (南朝宋)謝靈運:〈石壁精舍還湖中作〉,(南朝梁)蕭統編:《昭明文選》,卷二十二,頁 302。
〔註60〕 (明)馮惟訥:《古詩記》,卷八十七,頁 112。

長風萬里送秋雁，

對此可以酣高樓。(〈宣州謝朓樓餞別校書叔雲〉)

「長風萬里」爲化用西晉陸機〈前緩聲歌〉：「長風萬里舉，慶雲鬱嵯峨」〔註61〕之句，由此描寫秋季北雁南飛，萬里晴空之下，與好友對飲於高樓之上，並目送雁群，此除了寫景之外，更連結李白與李雲將分別之事，不捨離情亦流瀉於詩中。

又如：

賓隨落葉散，帽逐秋風吹。(〈九日登山〉)

「賓隨落葉散」語出初唐四傑盧照鄰〈哭明堂裴主簿〉：「客散同秋葉，人亡似夜川」〔註62〕句，雖表面字詞相似，但所寫內容與情感卻不相同，此爲形容李白與友人於重陽登高宴飲，興致高昂，賓主盡歡之事。

陸機善於用典，講求音律和諧與對偶，開創了駢文的先河。盧照鄰亦擅長詩歌與駢文寫作，作品意境幽遠。由此可見，李白亦有效法齊梁駢麗詩風之作。

由上述可知，李白對於謝朓的稱賞，不僅牽涉到詩歌內容的提及，亦展現在創作上的取法。從其詩也可發現受到陶淵明、顏延之、謝靈運、鮑照、江淹、庾信等的影響，李白詩得力於六朝文學，絕非限於謝朓而已。〔註63〕

4. 市井之言

古詩爲唐詩發源，李白提倡復古，因此其詩中亦有取材於民間童謠或是古詩之作，如：

雙鵝飛洛陽，五馬渡江徼。(〈經亂後將避地剡中留贈崔宣城〉)

〔註61〕（西晉）陸機：〈前緩聲歌〉，（南朝梁）蕭統編：《昭明文選》，卷二十八，頁391。

〔註62〕（唐）盧照鄰：〈哭明堂裴主簿〉，（清）清聖祖御製：《全唐詩》，卷四十二，頁530。

〔註63〕參見李錫鎮：〈從互文現象論李白與謝朓的關係〉，收錄於《成大中文學報》，第二十期，2008年4月，頁139。

次句出自太安中，童謠曰：「五馬游渡江，一馬化爲龍」〔註64〕其中「五馬」指西晉司馬家族末五王。李白爲言當今安祿山叛變如西晉末年之亂事，有國家將亡之危機。

又如：

　　貴賤交不易，恐傷中園葵。(〈宣城送劉副使入秦〉)

此化用古詩：「採葵莫傷根，傷根葵不生。結交莫羞貧，羞貧友不成」〔註65〕言交友之道，不應視對方的貴賤而有所改變，若有此顧慮則如同採葵傷根一般，破壞了人與人間的交往之道。此也在言，雖李白與劉副使境遇不同，但並不會對兩人友誼產生影響，可見李白是以眞心在交友。

再如：

　　君心亦如此，包納無小大。(〈贈從弟宣州長史昭〉)

「包納無小大」化用《詩經・魯頌・泮水》：「無小無大，從公於邁」〔註66〕，將從弟李昭心胸比喻爲長川江水，透露詩人欲投靠之心，希望李昭能亦如河川溪流般，無大小分別的包容與接納自己。

5. 其 他

不屬於上述者，皆列於此：

　　搖扇對酒樓，持袂把蟹螯。

　　前途儻相思，登嶽一長謠。(〈送當塗趙少府赴長蘆〉)

「搖扇對酒樓」二句在描寫李白與趙少府餞別之宴，是爲化用《世說新語・任誕》：「畢茂世云：『一手執蟹螯，一手執酒杯，拍浮酒池中，便足了一生。』」〔註67〕言人生能如此享受美食與美酒是爲一樂事也，展現其豪放任性的性格特色。末句「登嶽一長謠」則用趙至

〔註64〕（唐）房玄齡等撰，楊家駱主編：《晉書》，卷二十八，志第十八〈五行中〉，頁845。
〔註65〕（清）沈德潛選：《古詩源》（臺北：華正書局，1975年），卷四，頁105。
〔註66〕馬持盈註譯，王雲五主編：《詩經今註今譯》（臺北：臺灣商務印書館，1987年），頁583。
〔註67〕（南朝宋）劉義慶：《世說新語》，頁181。

〈與嵇茂齊書〉：「昔李叟入秦，及關而歎；梁生適越，登岳長謠」
〔註68〕，但卻不取其意。李白在此描寫兩人分別後，獨留自己一人，
僅能藉由登高而歌來紓解思念故友之情，是以展現與趙少府深厚的
友誼。

　　另外，如：

　　　　連山似驚波，合沓出溟海。（〈九日登山〉）

此二句爲描寫山水壯麗之景，「連山似驚波」爲化用木華〈海賦〉：
「波如連山」〔註69〕，形容李白於重陽登響山，見山勢陡峻如驚濤
般，令人震撼。

　　最後爲：

　　　　鳴鳳托高梧，淩風何翩翩。（〈贈宣城宇文太守兼呈崔侍御〉）

於此詩詩末「鳴鳳托高梧」是使用馬融〈廣成頌〉：「棲鳳凰於高梧」
〔註70〕。以「鳴鳳」喻崔侍御，以「高梧」喻宇文太守，梧桐爲鳳鳥
之所棲之處，如同崔侍御受宇文太守所重，隱含詩人望二人給予提攜
之意。

（二）剪裁古事言心志

　　事典，是引用前人古事並稍作剪裁入詩，於宣州詩中可見李白
將經史子集、神仙道書之事融入詩中，以增強所欲表達的涵義。

　　李白一生懷抱爲國爲民的雄心壯志，但於失意之時又以仙道思
想作爲超脫現實痛苦之法，因此以下筆者將李白所用事典分爲積極
入世精神與超脫出世態度兩部分討論之：

1. 積極入世精神

　　首先看李白的自清自薦之語，如：

〔註68〕　（西晉）趙至：〈與嵇茂齊書〉，（南朝梁）蕭統編：《昭明文選》，卷
　　　　　四十三，頁605。
〔註69〕　（西晉）木華：〈海賦〉，（南朝梁）蕭統編：《昭明文選》，卷十二，
　　　　　頁163。
〔註70〕　（東漢）馬融：〈廣成頌〉，（明）梅鼎祚編：《東漢文紀》（上海：上
　　　　　海古籍出版社，1987年），卷十三，頁282。

自笑東郭履，側懸狐白溫。(〈贈宣城趙太守悅〉)

「東郭履」出自《史記‧滑稽列傳》：

> 東郭先生久待詔公車，貧困飢寒，衣敝，履不完。行雪中，履有上無下，足盡踐地。道中人笑之，東郭先生應之曰：「誰能履行雪中，令人視之，其上履也，其履下處乃似人足者乎？」及其拜爲二千石……榮華道路，立名當世。〔註71〕

李白自認身分貧賤，但懷有眞心與實才，借用〈滑稽列傳〉中東郭先生一事，自比亦爲外表樸素而內藏眞才之人也。又有展現李白的堅韌性格，如：

> 終當滅衛謗，不受魯人譏。(〈書懷贈南陵常贊府〉)

此處援引孔子適衛，遭謗者二之典。其一爲孔子首次前往衛國，於《史記‧孔子世家》載：「或譖孔子於衛靈公。靈公使公孫余假一出一入。孔子恐獲罪焉，居十月，去衛。」〔註72〕其二爲《論語‧雍也》中所言：「子見南子，子路不說。夫子矢之曰：『予所否者，天厭之！天厭之！』」〔註73〕因南子有淫亂之名，孔子見之，弟子不悅，後因衛靈公好色不好德，孔子去之。孔子兩次遭受毀謗，皆以實際行動「去」是非之地，以證明自身清白。李白希望亦能如孔子一樣，去除那些於官場之上詆毀之言，不僅是對於自身品德的維護，亦是對毀者的批評與駁斥。

再者，見〈於五松山贈南陵常贊府〉所用三典：

> 虞卿棄趙相，便與魏齊行。海上五百人，同日死田橫。
> ……長鋏歸來乎，秋風思歸客。(〈於五松山贈南陵常贊府〉)

「虞卿棄趙相，便與魏齊行」二句引用《史記‧范睢蔡澤列傳》：

〔註71〕（漢）司馬遷撰，（劉宋）裴駰集解：《史記》，卷一百二十六，〈滑稽列傳第六十六〉，頁3208。

〔註72〕（漢）司馬遷撰，（劉宋）裴駰集解：《史記》，卷四十七，〈孔子世家第十七〉，頁1919。

〔註73〕（清）阮元審定、盧宣旬校：《重刊宋本十三經注疏附校勘記》，論語注疏解經卷第六〈雍也第六〉，（清嘉慶二十年（1815）南昌府學刊本），頁55-1。

（秦）昭王乃遺趙王書曰：「王之弟在秦，范君之仇魏齊在
平原君之家。王使人疾持其頭來，不然，吾舉兵而伐趙，
又不出王之弟於關。」趙孝成王乃發卒圍平原君家，急，
魏齊夜亡出，見趙相虞卿。虞卿度趙王終不可說，乃解其
相印，與魏齊亡。〔註74〕

趙王因見秦王之書，怕禍及自身，故欲抓魏齊以獻秦國，趙國宰相虞
卿與魏齊友好，危急之際，虞卿見趙王不可說，便與解除相印，與魏
齊一同逃亡。

又「海上五百人，同日死田橫」爲用《史記・田儋列傳》之典：
漢滅項籍，漢王立爲皇帝，以彭越爲梁王。田橫懼誅，而與
其徒屬五百餘人入海，居島中。高帝聞之，以爲田橫兄弟本
定齊，齊人賢者多附焉，今在海中不收，後恐爲亂，乃使使
赦田橫罪而召之。……田橫乃與其客二人乘傳詣雒陽。未至
三十里，至尸鄉廐置……遂自剄……吾聞其餘尚五百人在海
中，使使召之。至則聞田橫死，亦皆自殺。〔註75〕

田橫爲秦末之人，兵敗後逃於海島而居，因門下賢者眾多，漢高祖劉
邦擔心田橫日後造反，而逼降，田橫不屈，自剄而死，海中五百門客
聞之，皆自殺殉主。此詩二典，李白舉虞卿與田儋爲例，自喻如二人
之賢，並以「願君同心人，於我少留情」，言己所遇困境，盼能受常
贊府提攜。

最後，「長鋏歸來乎」爲《史記・孟嘗君列傳》中：「（馮諼）彈
其劍而歌曰：『長鋏歸來乎，食無魚』。復彈劍而歌曰：『長鋏歸來乎，
出無輿』。又嘗彈劍而歌曰『長鋏歸來乎，無以爲家』。」〔註76〕以
馮諼彈鋏一事自比，展現李白自信才華出眾，渴望受到提拔重用，
卻備受冷淡的悲憤之情。

〔註74〕（漢）司馬遷撰，（劉宋）裴駰集解：《史記》，卷七十九，〈范睢蔡
澤列傳第十九〉，頁 2416。

〔註75〕（漢）司馬遷撰，（劉宋）裴駰集解：《史記》，卷九十四，〈田儋列
傳第三十四〉，頁 2647～2649。

〔註76〕（漢）司馬遷撰，（劉宋）裴駰集解：《史記》，卷七十五，〈孟嘗君
列傳第十五〉，頁 2359。

再如：

安知慕羣客，彈劍拂秋蓮。（〈贈宣城宇文太守兼呈崔侍御〉）

《越絕書》卷十一〈記寶劍〉：「越王勾踐有寶劍五，聞於天下。客有能相劍者名薛燭，王召而問之。……王取純鉤，……薛燭……手振拂揚其華，捽如芙蓉始出。」〔註 77〕薛燭為善於相劍之人，其中見宛如出水芙蓉、雍容而清冽的純鉤劍乃大驚，李白自恃如寶劍般，望他人能見其長處予以提拔。詩末「彈劍拂秋蓮」即用馮諼彈鋏與薛燭相劍兩典，希望能藉由崔侍御援引以見宇文太守。

另外，如：

高人屢解陳蕃榻，過客難登謝朓樓。（〈寄崔侍御〉）

此詩「高人屢解陳蕃榻」句為載《後漢書・徐稺傳》：「時陳蕃為太守，以禮請署功曹，稺不免之，既謁而退。凡在郡不接賓客，唯稺來特設一榻，去則懸之。」〔註 78〕以陳蕃延攬徐稺為喻，謂宇文太守對崔成甫的重視，望二人也能嘉惠於己。

上者所用之典，為表明李白自身的才華志向以及政治抱負，於此，是以描寫其受重入官之事：

遷人同衛鶴，謬上懿公軒。（〈贈宣城趙太守悅〉）

詩人以《左傳》閔公二年所述：「衛懿公好鶴，鶴有乘軒者。」〔註 79〕自喻為遷人騷客，卻如同鶴鳥乘於衛懿公車軒之上，受到趙悅的寵遇。雖於外人眼中看似狂傲、不合情理，但也展現趙悅的愛才大量，及李白的感念之情。

又如：

歲星入漢年，方朔見明主。（〈書懷贈南陵常贊府〉）

由《太平廣記》所載：「朔未死時，謂同舍郎曰：『天下人無能知朔，

〔註 77〕〈記寶劍〉，《越絕書》（北京：中華書局，1985 年），卷十一，頁 55。

〔註 78〕出自（南朝宋）范曄：《後漢書》，卷八十三，頁 160。

〔註 79〕（清）阮元審定、盧宣旬校：《重刊宋本十三經注疏附校勘記》，春秋左傳注疏卷第十一〈閔公二年〉，（清嘉慶二十年（1815）南昌府學刊本），頁 191-1。

知朔者唯太王公耳。』……曰：『諸星具，獨不見歲星十八年，今復
見耳。』帝仰天歎曰：『東方朔生在朕傍十八年。而不知是歲星哉！』
慘然不樂。」〔註80〕寫歲星下凡於漢庭爲東方朔見武帝之時，亦如
李白奉召覲見玄宗之事，由此尚可見詩人自比如東方朔博學多才的
自信。

　　再如：

　　　謬忝燕臺召，而陪郭隗蹤。（〈江上答崔宣城〉）

李白引用《史記・燕召公世家》之典：

　　　燕昭王於破燕之後即位，卑身厚幣以招賢者。……郭隗
　　　曰：「王必欲致士，先從隗始。況賢於隗者，豈遠千里哉！」
　　　於是昭王爲隗改築宮而師事之。樂毅自魏往，鄒衍自齊
　　　往，劇辛自趙往，士爭趨燕。燕王噲死問孤，與百姓同甘
　　　苦。〔註81〕

以燕昭王召郭隗之舉，比永王召己之事。李白於隱居修道時，受永
王李璘所召，心中滿是欣喜，重燃任官以伸理想之志，並有賢於郭
隗的自信與傲氣。

　　然而李白的仕途之路卻沒有因此平步青雲，因爲永王試圖謀
反，李白連帶獲罪入獄，雖免得一死，但晚年於政治上可謂無發揮
之地，故於其人生最後一首詩歌有云：

　　　後人得之傳此，仲尼亡兮誰爲出涕。（〈臨路歌〉）

此出於《春秋・公羊傳》哀公十四年所記：「十有四年，春，西狩獲
麟。……孔子曰：『孰爲來哉！孰爲來哉！』反袂拭面，涕沾袍。」
〔註82〕孔子見麒麟神獸被捕獲而出涕，如今大鵬鳥催於中天，而孔子
不在，又有何人會爲此哭泣？道出李白不遇於時，又無人憐惜的傷悲。

〔註80〕　（宋）李昉等奉敕撰：《太平廣記》（臺北：藝文印書館，1970 年），
　　　　　卷六，頁 4。
〔註81〕　（漢）司馬遷撰，（劉宋）裴駰集解：《史記》，卷三十四，〈燕召公
　　　　　世家第四〉，頁 1558。
〔註82〕　（戰國齊）公羊高撰，計碩民選註：《春秋公羊傳》（臺北：臺灣商
　　　　　務印書館，1976 年），頁 233～234。

　　以上不論是自清自重之辭，或是懷才不遇之嘆，皆運用典故生動展現李白個人於政治上的處境與心態。

　　接著，由李白用典之中可見，其與親友間的深厚情感：

　　　安得相如草，空餘封禪文。……獨挂延陵劍，千秋在古墳。

　　　（〈宣城哭蔣徵君華〉）

「安得相如草，空餘封禪文」二句出於《史記・司馬相如列傳》：

　　　相如既病免，家居茂陵。天子曰：「司馬相如病甚，可往從悉取其書；若不然，後失之矣。」使所忠往，而相如已死，家無書。問其妻，對曰：「長卿固未嘗有書也。時時著書，人又取去，即空居。長卿未死時，爲一卷書，曰有使者來求書，奏之。無他書。」其遺札書言封禪事，奏所忠。忠奏其書，天子異之。〔註83〕

描寫司馬相如以遺著〈封禪書〉，勸漢武帝應藉由封禪一事，展現國家權力以助於集權統一。李白將蔣華比作司馬相如，言其擁有高度的文學才能與遠大抱負，卻不敵命運操弄，離開人世，由此充滿詩人對世事難料的無奈及感嘆。於詩末「獨挂延陵劍，千秋在古墳」則可見，李白以《史記・吳太伯世家》所記之事：「季札之初使，北過徐君。徐君好季札劍，口弗敢言。季札心知之，爲使上國，未獻。還至徐，徐君已死，於是乃解其寶劍，系之徐君冢樹而去。」〔註84〕吳季札掛劍以弔徐君之事，表達對好友蔣華的哀悼之意。

　　又如：

　　　乃是要離客，西來欲報恩。……林回棄白璧，千里阻同奔。

　　　（〈贈武十七諤〉）

「乃是要離客」二句所言「要離」爲春秋吳國刺客，受公子光所遣，用謀「詐以負罪出奔，願王戮臣妻子，斷臣右手」〔註85〕取信於慶

〔註83〕　（漢）司馬遷撰，（劉宋）裴駰集解：《史記》，卷一百一十七，〈司馬相如列傳第五十七〉，頁3063。

〔註84〕　（西漢）司馬遷撰，（劉宋）裴駰集解：《史記》，卷三十一，〈吳太伯世家第一〉，頁1459。

〔註85〕　（東漢）趙曄：〈闔閭內傳〉，《吳越春秋》（北京：中華書局，1985年），頁52。

忌以殺之，後伏劍自盡。李白言武諤如古之刺客要離，重視情義，於戰亂之時，不顧自身安危，前來報念舊恩，道出二人患難與共的深厚情誼。在國家喪亂之際，於此詩又可見父子之情：「林回棄白璧」語出《莊子·山木》：「林回棄千金之璧，負赤子而趨。」〔註86〕詩人表達於戰爭紛亂之時，千金亦比不上兒女親情的珍貴，李白欲攜子逃難，但無奈道路受阻，擔心幼子，卻力有未逮，無法前往。

　　再者，爲敘述上位者治地賢能受百姓愛戴，如：

　　　竹馬數小兒，拜迎白鹿前。(〈贈宣城宇文太守兼呈崔侍御〉)

「竹馬數小兒」出自《後漢書》郭伋傳：

　　　郭伋，字細侯，扶風茂陵人也。……乃調伋爲并州牧。……
　　　伋前在并州，素結恩德，及後入界，所到縣邑，老幼相攜，
　　　逢迎道路。所過問民疾苦，聘求耆德雄俊，設几杖之禮，
　　　朝夕與參政事。始至行部，到西河美稷，有童兒數百，各
　　　騎竹馬，道次迎拜。〔註87〕

指郭伋治理并州，待民和善，廣施恩德，受百姓的歡迎，至西河郡美稷縣時，更有數百村童騎竹馬相迎，可見郭伋治縣有成頗得民心。李白用此稱讚宇文太守待民親切，優秀賢能，亦受百姓青睞。「拜迎白鹿前」則引用於《太平御覽》：「謝承《後漢書》曰：鄭弘爲臨淮太守，行春，有兩白鹿隨車夾轂而行。弘怪問主簿黃國，鹿爲吉凶？國拜賀曰：『聞三公車畫作鹿，明府當爲宰相。』後弘果爲太尉。」〔註88〕指鄭弘遇白鹿隨車爲吉相，而高升宰相太尉之位。以上二句皆是對宇文太守的美言，認爲宣城於太守的治理之下，政美人和，悠然自適。

　　最後爲哀世道之亂之典：

　　　將無七擒略，魯女惜園葵。(〈書懷贈南陵常贊府〉)

「七擒略」見《三國志·蜀書·諸葛亮傳》裴松之注引《漢晉春秋》：

〔註86〕　（清）王先謙：《莊子集解》（臺北：臺灣商務印書館，1969年），頁16。
〔註87〕　（劉宋）范曄撰，（唐）李賢等注，（晉）司馬彪補志，楊家駱主編：《後漢書》，卷三十一，〈郭杜孔張廉王蘇羊賈陸列傳第二十一〉，頁1092。
〔註88〕　（宋）李昉等奉敕撰：《太平御覽》（上海：上海古籍出版社，1987年），卷十九，時序部四〈春中〉，頁316。

「亮至南中，所在戰捷。聞孟獲者，爲夷、漢所服，募生致之。既得，使觀於營陳之閒……亮笑，縱使更戰，七縱七禽，而亮猶遣獲。獲止不去，曰：『公，天威也，南人不復反矣。』」〔註89〕諸葛亮出兵南中之時，對孟獲七縱七擒，使他眞心服輸歸順蜀漢，在此不只描寫諸葛亮的聰明才智，更言其以德服人的風範。

「魯女惜園葵」則出自《列女傳・仁智傳》：

> 魯漆室邑之女也，過時未適人。當穆公時，君老，太子幼。女倚柱而嘯……鄰婦笑曰：「此乃魯大夫之憂，婦人何與焉？」漆室女曰：「不然，非子所知也。昔晉客舍吾家，繫馬園中。馬佚馳走，踐吾葵，使我終歲不食葵。……今魯君老悖，太子少愚，愚僞日起。夫魯國有患者，君臣父子皆被其辱，禍及眾庶，婦人獨安所避乎？吾甚憂之。子乃曰婦人無與者，何哉？」……三年，魯果亂，齊楚攻之，魯連有寇。男子戰鬥，婦人轉輸，不得休息。〔註90〕

此爲魯女以晉馬踏園葵爲例，憂心魯君年老，太子少愚，國家恐遭受禍患之事。故以上二句表達李白憂慮於國家患難之際，無諸葛亮般聰慧賢能之人，獻其謀略、平定戰亂，恐使百姓連帶遭殃，道出詩人憂國憂民之心。

再如：

> 雙鵝飛洛陽，五馬渡江徼。（〈經亂後將避地剡中留贈崔宣城〉）

「雙鵝飛洛陽」化用《晉書・五行志》之典：「孝懷帝永嘉元年二月，洛陽東北步廣里地陷，有蒼白二色鵝出，蒼者飛翔沖天，白者止焉。……陳留董養曰：『步廣，周之狄泉，盟會地也。白者，金色，國之行也。蒼爲胡象，其可盡言乎？』是後，劉元海、石勒相繼亂華。」〔註91〕蒼者，青也。西晉時，見青白雙鵝之相後，胡人以亂

〔註89〕 （晉）陳壽撰，（南朝宋）裴松之注，楊家駱主編：《三國志》，卷三十五，蜀書五，〈諸葛亮傳第五〉，頁919。

〔註90〕 （漢）劉向：《列女傳》（臺北：廣文書局，1979年）卷三，頁72～73。

〔註91〕 （唐）房玄齡等撰，楊家駱主編：《晉書》，卷二十八，志第十八〈五行中〉，頁864。

中原，造成洛陽淪陷，國家將亡的困境。李白以此與今之安祿山叛變相比，兩者情形相似，後句「何意上東門，胡雛更長嘯」更指安祿山同石勒包藏禍心，覬覦中土。

2. 超脫出世態度

如本章第一節所述，李白詩中言仙，並非僅是慕仙之情，求仙之舉，亦是藉由仙事託寓寄興，首先看詩中言及修道成仙之人，如：

> 赤鯉湧琴高，白龜道冰夷。(〈九日登山〉)

「赤鯉湧琴高」見《搜神記》記載：「琴高，趙人也。能鼓琴。爲宋康王舍人。行涓、彭之術，浮游冀州涿郡間二百餘年。後辭入涿水中取龍子，與諸弟子期之。……果乘赤鯉魚出，來坐祠中。且有萬人觀之。留一月，乃復入水去。」〔註92〕宣州琴溪昔爲琴高控赤鯉之地。

「白龜道冰夷」見《山海經》：「從極之淵，深三百仞，維冰夷恆都焉。冰夷，人面，乘二龍。」〔註93〕冰夷即爲馮夷也，是水神也，可悠遊於深海之間。詩人以琴高與冰夷爲喻，道出當世慕仙之語。又：

> 黃鶴久不來，子安在蒼茫。(〈自梁園至敬亭山見會公談陵陽山水
> 兼期同遊因有此贈〉)

> 白龍降陵陽，黃鶴呼子安。(〈登敬亭山南望懷古贈竇主簿〉)

「黃鶴久不來，子安在蒼茫」與「黃鶴乎子安」皆言子安乘黃鶴而去之事。「白龍降陵陽」句則與第二章論述宣州山水景致提及謝朓〈將游湘水尋句溪詩〉：「既從陵陽釣，挂鱗駿亦螭」所用之典相同。二者又可於《水經注》見之：「昔縣人（陵）陽子明得白龍處。後三年，龍迎子明上陵陽山，山去地千餘丈。後百餘年，呼山下人，令上山半與語，溪中子安問子明釣車所在。後二十年，子安死山下，有黃鶴棲其塚樹，鳴常呼子安。」〔註94〕李白用此二典敘述陵陽山

〔註92〕　（晉）干寶：《搜神記》（北京：中華書局，1985年），卷一，頁2。
〔註93〕　（晉）郭璞：《山海經》（北京：中華書局，1985年），卷十二，頁106。
〔註94〕　（北魏）酈道元：《水經注》，卷二九，頁446。

水之美，並著以奇幻的神仙色彩。

接著，有言品格高潔之士，如：

> 飲水箕山上，食雪首陽巔。迴車避朝歌，掩口去盜泉。(〈贈
> 宣城宇文太守兼呈崔侍御〉)

此詩句句用典，「飲水箕山上」出自《史記・伯夷列傳》：「堯讓天下於許由，許由不受，恥之逃隱。……余登箕山，其上蓋有許由冢云。」〔註95〕許由鄙棄功名利祿，隱居自然山林，死後葬於箕山，故箕山又名許由山。

而「食雪首陽巔」亦出於《史記・伯夷列傳》：「伯夷、叔齊，孤竹君之二子也。……武王已平殷亂，天下宗周，而伯夷、叔齊恥之。義不食周粟，隱於首陽山，采薇而食之。……餓死於首陽山。」〔註96〕伯夷、叔齊清高守道，不願臣服於周朝之下，避世隱居於首陽山上，後餓死於此。李白推測，二人除採野草而食，亦食雪以充飢。

至於「迴車避朝歌」則引用《漢書・賈鄒枚路傳》所載：「臣（鄒陽）聞盛飾入朝者不以私污義，砥厲名號者不以利傷行。故里名勝母，曾子不入；邑號朝歌，墨子回車。」〔註97〕墨家有十論，除了兼愛非攻外，亦有「非樂」之說，反對禮樂等級的劃分，及奢張繁瑣的禮樂花費，認爲此不利國家生產之事，故墨子聞朝歌迴車而避之。

最後，「掩口去盜泉」則見《後漢書》：「孔子忍渴於盜泉之水，曾參回車於勝母之間，惡其名也。」注引《說苑》曰：「邑名勝母，曾子不入，水名盜泉，仲尼不飲，醜其名也。」《尸子》又載其言也。〔註98〕言孔子惡盜泉之名，不願飲水於此。

〔註95〕 （漢）司馬遷撰，（劉宋）裴駰集解：《史記》，卷六十一，〈伯夷列傳第一〉，頁2121。

〔註96〕 （漢）司馬遷撰，（劉宋）裴駰集解：《史記》，卷六十一，〈伯夷列傳第一〉，頁2123。

〔註97〕 （漢）班固撰，（唐）顏師古注，楊家駱主編：《漢書》，卷五十一，〈賈鄒枚路傳第二十一〉，頁2352。

〔註98〕 （劉宋）范曄撰，（唐）李賢等注，（晉）司馬彪補志，楊家駱主編：

　　以上四句李白化用四典作爲「受氣有本性，不爲外物遷」二句之印證，亦言己之清白如蟬鷺乃爲天性，不受外物影響而有所改變。

　　再者，有與歸隱高士陶淵明相關典故，如：

　　　若待功成拂衣去，

　　　武陵桃花笑殺人。(〈當塗趙炎少府粉圖山水歌〉)

詩末「武陵桃花」爲用陶淵明〈桃花源記〉之典，勸勉趙少府若至功成才隱退，則求仙已晚，應盡早辭去朝事，與己一同修道成仙，在此李白以華美之辭，表勸戒之意。

　　又如：

　　　華髮長折腰，將貽陶公誚。(〈經亂後將避地剡中留贈崔宣城〉)

此詩末二句爲用《晉書・隱逸傳・陶潛傳》所載：「(陶潛)爲彭澤令……郡遣督郵至縣，吏白應束帶見之，潛歎曰：『吾不能爲五斗米折腰，拳拳事鄉里小人邪！』義熙二年，解印去縣，乃賦《歸去來》。」﹝註99﹞以淵明不願爲微薄俸祿屈身，進而去官歸隱之事，奉勸好友於戰亂之時，應盡早歸隱學道，待至華髮之年仍爲斗升之祿所折腰，定當被陶淵明所責備。

　　最後，可見遠離塵世的隨興自在，如：

　　　因招白衣人，笑酌黃花菊。(〈九日登山〉)

「陶潛嘗九月九日無酒，宅邊菊叢中，摘菊盈把，坐其側久，望見白衣至，乃王弘送酒也。即便就酌，醉而後歸。」﹝註100﹞言陶淵明去朝之後，不肯折腰於世，重陽之日無酒可飲，因與江州刺史王弘偶遇而得酒，於菊花叢中，酌酒至醉。此有李白重陽登山懷古惜今之情。

　　最後看：

　　　顏公二十萬，盡付酒家錢。(〈贈宣城宇文太守兼呈崔侍御〉)

　　　《後漢書》，卷四十一，〈第五鍾離宋寒列傳第三十一〉，頁1407。

﹝註99﹞　(唐)房玄齡等撰，楊家駱主編：《晉書》，卷九十四，列傳第六十四〈隱逸〉，頁2461。

﹝註100﹞　(唐)歐陽詢：《藝文類聚》，卷四，頁148。

以《宋書・隱逸傳・陶潛傳》：「顏延之爲劉柳後軍功曹，在尋陽，與潛情款。後爲始安郡，經過，日日造潛。每往必酣飲致醉。臨去，留二萬錢與潛。潛悉送酒家，稍就取酒。」〔註101〕顏延之與陶潛飲酒之事，描寫李白於失意之時，除了藉由學習神仙道術超脫於世，亦盡沽酒錢，以醉爲趣，藉由飲酒助興也解憂。

綜前所言，李白宣州詩透過化用前人詩歌，或是擷取古書所載之事，託喻心中未明言的個人情志。如趙翼所言：「詩寫性情，原不專恃敷典，然古事已成典故，則一典自有一意，作詩者借彼之意，寫我之情，自然倍覺深厚，此後代詩人不得不用書卷也。」〔註102〕李白宣州詩中使用之典，既見其雄放恣意的胸襟氣度，又窺其清新雋永的思緒情懷，兩種不同的情感面向。

〔註101〕 （梁）沈約撰，楊家駱主編：《宋書》，卷九十三，列傳第五十三〈隱逸〉，頁 2288。

〔註102〕 （清）趙翼：《甌北詩話》（臺北：廣文書局，1971 年），卷十，頁 15。

第五章　結　論

　　朱光潛說：「文學是一種與人生最密切相關的藝術。」文學可以反映人生，可見作者的人生縮影，藉由作品能超越時空，與其連結。作者將精神意念融入作品之中，讀者藉由閱讀，接收作者的精神意念，並可得知其境遇。

　　李白個性奔放，才華洋溢，作品內容豐富多彩，創作成就受古今肯定，同為盛唐詩人的杜甫也以「筆落驚風雨，詩成泣鬼神」〔註1〕肯定李白的寫作才能。然而，沒有經過歷練的詩人是無法寫出貼近人心的感人之作，唐代政治經濟的穩定，水路運輸的發展，造就了文人的漫遊風氣。李白從小就有去國遠遊之志，一生遊歷大半中國，將所見自然山水、人文景致化為創作素材，寫入詩中，作品眾多。其中值得注意的是，詩人於晚年，天寶十二載至寶應元年近十年間，頻繁往返宣州諸處，並留有詩 36 首。

　　就人文地理而言，宣州位於江南地區的交通要塞，氣候優良，自然資源豐富。由孟浩然、邢巨詩中可見對宣州景致的題詠，不過若是提及宣州山水詩，仍以謝朓與李白所作為佳，兩人皆是深入山林，描寫個人最真實的感受，可見對於自然萬物的細心體察與喜愛。

〔註1〕（唐）杜甫：〈寄李十二白二十韻〉，（清）清聖祖御製：《全唐詩》，
　　　　卷二二五，頁 2430。

因此筆者以宣城太守謝朓〈遊敬亭山〉、〈將游湘水尋句溪〉二詩，對敬亭山及句溪的描寫，作爲認識宣州山水名景的一個途徑。至於宣州的物產資源發展可分農業、冶金礦業、手工業及商業運輸四部分視之，於農產品中，好友紀叟所釀之「老春」酒，似爲好酒的李白喜愛宣州的原因之一；由王令、薛濤、白居易，甚至李白詩中，可知宣紙、宣筆及紡織品紅線毯，不僅是爲宣州手工特產，亦是影響宣州文學發展的原因之一。經由對宣州建置歷史的爬梳，可見郡縣的設置，區域的發展，吸引文人才子的前來，因爲他們寓居此地，並留有歌詠之作，進而聚集更多來者，讓宣州成爲人文薈萃之地。宣州於地理風土占有其先天優勢，進而影響人文歷史的發展，至唐代已成爲遷客騷人匯聚的文學之地，吸引李白的前來。

就詩歌內涵而論，李白一生無非遊歷、飲酒、交友、求官等事，宣州詩中的創作內涵同樣不出此範圍。首先是對自然景物的描寫，詩人常將敬亭山、宛溪、句溪等山水美景點化入詩。「寄情於景」，將內心情感託寓於景致當中，產生象外之趣；或是「由景生情」，因所見景物而觸動經驗回憶，產生情感連結。無論是「由景生情」或是「寄情於景」，詩人藉此表達景物的純粹之美，展現物我兩忘的閒適之心，經由眼前景物生思念之情，或是言己處境艱難之苦。由此可見，李白在滿懷抱負卻無法施展之時，選擇以「山水」作爲宣洩情感，排解憂慮的療傷對象。

其次，因中國文人自古視酒爲逃脫現實生活的心靈寄託，常藉由酒精暫忘生活的苦悶不如意，或是將酒作爲遊宴助興之物，讓賓客同歡。李白爲好酒之人，又宣州爲產酒之地，故飲酒之作亦爲李白宣州詩中不可缺少的部分。在此可見，李白有設餞別酒宴以濾相思離情，藉酒忘卻人生悲苦之事，及登高懷古、飲酒助興之作。當中不僅展現了李白與友人的深厚情感，對古聖先賢的崇敬與追懷，亦是傳達了李白晚年不得志的苦悶，只能藉由酒精的催化以紓解哀愁。

　　再者，李白於宣州交流來往者，有望其引薦的達官貴人，可見詩人仍抱有濟世理想，希望能再次進入官場以展抱負；有志趣相同的文人知己，可與李白一同追求理想，或是一起消遣娛樂。其中因宣州曾是南朝太守謝朓所待之處，且兩人境遇相似，喜好相同，對於宣州自然山水有深刻情感，故於詩中亦見追懷謝朓之意，於文字上可見謝朓清麗之風，以表達對先賢謝朓的欽慕景仰及緬懷。

　　最後，於宣州詩可見安史之亂底下人民的處境，與李白於亂世中所遇之事，當中流露出對國家、百姓的關切與同情，及對歷史事件的眞實刻劃，不管結果是否盡如人意，詩人終於宣州劃下其人生的句點。

　　誠如孔子所云，「用之則行」是兼善天下，是仕；「舍之則藏」是獨善其身，是隱。〔註 2〕「仕」與「隱」一直是李白人生中困難的抉擇，心中有鴻圖大志欲救濟蒼生，但時運不濟，政治動亂之時，又生避世隱身、求道成仙之意念。因爲這種儒、道雜揉的思想，產生現實主義及理想主義並存之特色，故於藝術表現手法上，首先以王國維「境界說」中的寫境與造境分析之。寫境部分，詩人多是描寫現實境遇不如意，表達內心的哀怨。雖鬱鬱不得志，但面對眼前困境，仍是抱持儒者救世濟民之心，展現不願屈服於命運的堅毅性格。造境部分，則言李白面臨現實苦痛無法掙脫之時，藉由求仙訪道作爲精神上的寄託，創造一個理想境界，暫時超脫於現實苦痛之中。

　　其次，運用陌生化（反常化）理論來看。在心理距離之說部分，詩人以客觀無功利之心仔細體察萬物，並排除一己私慾，眞實地描繪宣州景致，不僅適當的拿捏與景物之間距離，也讓讀者能有所感，跟著詩人以不同的眼光去觀照外在事物，以生趣味。在審美聯想部分，使用童慶炳先生所言相似、對比、因果、接近四種聯想成因，見李白宣州詩中不僅運用「聯想」之法頻繁，更與摹寫、譬喻、映

〔註 2〕葉嘉瑩：《葉嘉瑩說初盛唐詩》，頁 244。

襯等修辭手法相互配合，於情感表達與景物描繪上，顯得豐富生動。

最後，使用體裁方面，見李白宣州詩中多用古風，以東漢品評人物之「風骨」，稱讚他人外在風度或是內在氣質，或是作爲展現個人豪壯志向的載體，不媚權貴的傲骨精神；至於「興寄」則有「意在言外」的特性，寄託了詩人對唐代社會政治的貶斥，傳達了李白於現實生活中所遇之困境，以暗示喚起讀者的聯想，增加作品雋永深長的意趣。〔註3〕再者，運用律詩側重聲律與文辭的特點，分析句式、音韻、平仄、對仗於寫景上的展現。透過視、聽、觸諸種感官傳達詩人的細膩感受，增加與讀者的連結性，以產生共感；選用韻腳配合內容，創造聲情合一的美感特色；平仄、對仗方面則由出律，對仗不夠嚴謹的情形，可見李白豪爽不羈之性。在用典方面，李白有化用大小謝、陶淵明等自然山水派之詩，又有運用鮑照、曹植、庾信之作，展現剛毅不屈的氣概，或是採用民間古詩童謠，表達對於前人的景仰，可見其欽慕文學風格。於舉用人事方面，分爲儒家入世精神與道家出世態度二部分，見李白積極求官的自薦之語，憂國憂民的愛國之心，或是修道爲仙的超脫之意，與恣意生活的嚮往之情。

經上述分析可知，李白不僅善用寫作技巧，更是懷有一顆赤子之心，任眞自然地去感受外物、體察人事，讓他在平凡的事物之間找到趣味，創造趣味。

綜而言之，如姚鼐言：「盛唐人，蟬也。太白則仙也，於律體中以飛動票姚之勢，運曠遠奇異之思，此獨成一境者。」〔註4〕李白於唐代詩壇確實佔有一席之地，且對於後世影響深遠。以李白創作歷程來看，晚年於宣州所作之詩雖爲數不多，但從其對宣州景物的喜愛與關照；對古聖先賢的崇敬與承繼；對現實社會的失望與描繪；對理想世界的超脫與展望，可一窺李白於其人生末年的處境與心境。且不論

〔註3〕鍾屏蘭：〈中國文學的溫柔與敦厚〉，蔡宗陽、余崇生主編：《中國文學與美學》（臺北：五南圖書出版公司，2000年），頁38。
〔註4〕高步瀛：《唐宋詩舉要》（上海：上海古籍出版社，1978年），卷四，頁451。

何種作品內涵，仍見李白豪邁奔放、不矯揉造作的風格特色，更以〈臨終歌〉充分展現於人生末路依然壯志未酬的哀戚之情，不禁為詩人的冷落末年感到唏噓。

　　藉由以上對李白宣州詩的爬梳整理，不僅對於宣州有更深一層的認識，對於李白詩歌有更深刻的理解，甚至更能明白詩人的創作內涵，感受他的晚年生活，貼近他的人生歷程。也因為閱讀研究李白宣州詩，看見詩人處於人生困境，雖然憤慨無奈，卻始終堅持理想，擁有不願向命運低頭的傲骨，給予筆者莫大的激勵與省思，醒悟到無論現實多麼艱難，都應保有對生命的熱情與堅毅的心靈，勇敢面對挑戰，就算結果不能如意，但至少盡力就能不留遺憾。然而在面臨現實與理想拉鋸的時候，對於人生感到灰心喪志的時候，要能找到紓解的方式，如同李白藉由欣賞山水美景或飲酒以暢心，重新調整過後，持續往理想所邁進。

　　筆者以前人較少論及的李白宣州詩作為研究對象，嘗試探討宣州與李白的關係，及詩歌中的內涵與藝術特色，歸結出以上結論，因限於篇幅與能力，不免有未盡之處，未來若有機會，則欲比較其他詩人所寫宣州之詩與李白宣州詩之異同，或是李白詩中「同一景物的不同時期之作」抑或是「同一時期於不同地域之作」，作為論文後續開展與延伸，以周延本篇論點。

徵引書目

一、傳統文獻（按編寫年代排）

1. （戰國）公羊高撰，計碩民選註，《春秋公羊傳》，臺北：臺灣商務印書館，1976 年。

2. （戰國）毛亨傳，（漢）鄭玄箋，（唐）孔穎達等疏，《毛詩注疏及補正》，臺北：世界書局，1963 年。

3. （西漢）劉向，《列女傳》，臺北：廣文書局，1979 年。

4. （東漢）班固，《漢書》，上海：上海古籍出版社，1987 年。

5. （東漢）許慎，《說文解字》，天津：天津古籍出版社，1991 年。

6. （東漢）趙曄，《吳越春秋》，北京：中華書局，1985 年。

7. （東漢）撰人不詳《越絕書》，北京：中華書局，1985 年。

8. （魏）曹丕，《典論》，北京：中華書局，1985 年。

9. （魏）曹植撰，（清）丁晏編，黃節注，《曹子建集評注》，臺北：世界書局，1998 年。

10. （晉）郭璞，《山海經》，北京：中華書局，1985 年。

11. （晉）干寶，《搜神記》，北京：中華書局，1985 年。

12. （晉）陶潛撰，（清）陶澍注，《陶靖節全集注》，臺北：世界書局，1974 年。

13. （南朝宋）范曄，《後漢書》，上海：上海古籍出版社，1987 年。

14. （南朝宋）劉義慶，《世說新語》，臺北：臺灣商務印書館，1968 年。

15. （南朝齊）謝朓，《謝宣城詩集》，臺北：廣文書局，1960 年。

16. （南朝梁）沈約，《宋書》，上海：上海古籍出版社，1987 年。

17. （南朝梁）劉勰，《文心雕龍》，臺北：臺灣商務印書館，1697 年。

18. （南朝梁）蕭子顯，《南齊書》，上海：上海古籍出版社，1987 年。

19. （南朝梁）蕭統編，《昭明文選》，北京：新華書店，1990 年。

20. （北魏）酈道元，《水經注》，臺北：臺灣商務印書館，1697 年。

21. （唐）房玄齡等，《晉書》，上海：上海古籍出版社，1987 年。

22. （唐）歐陽詢，《藝文類聚》，臺北：文光出版社，1974 年。

23. （唐）魏徵等，《隋書》，上海：上海古籍出版社，1987 年。

24. （唐）釋慧能，《六祖壇經》，臺北：金楓出版社，1987 年。

25. （唐）李白，《李太白文集》，臺北：臺灣商務印書館，1981 年。

26. （唐）韓愈，《韓昌黎集》，臺北：河洛圖書出版社，1975 年。

27. （宋）李昉等奉敕撰，《太平御覽》，上海：上海古籍出版社，1987年。

28. （宋）李昉等奉敕撰，《太平廣記》，臺北：藝文印書館，1970 年。

29. （宋）李昉等奉敕編，《文苑英華》，上海：上海古籍出版社，1987年。

30. （宋）王令，《廣陵集》，臺北：商務印書館，1977 年。

31. （宋）歐陽脩、宋祁等，《新唐書》，上海：上海古籍出版社，1987年。

32. （宋）王象之，《輿地紀勝》，北京：中華書局，1992 年。

33. （宋）洪邁，《容齋隨筆》，臺北：大立出版社，1981 年。

34. （明）楊慎著，王仲鏞箋證，《升庵詩話箋證》，上海：上海古籍出版社，1987 年。

35. （明）謝榛著，李慶立、孫愼之箋注《詩家直說箋注》，濟南：齊魯書社，1987 年。

36. （明）馮惟訥，《古詩記》，上海：上海古籍出版社，1987 年。

37. （明）梅鼎祚編，《東漢文紀》，上海：上海古籍出版社，1987 年。

38. （明）胡應麟，《詩藪》，北京：中華書局，1958 年。

39. （明）宋應星，《天工開物》，臺北：臺灣商務印書館，1972 年。

40. （明）撰人不詳，《正統道藏》，臺北：藝文印書館，1977 年。

41. （清）陳受培修，（清）張燾纂，《宣城縣志》，北京：中國書店出版，新華發行，1992 年。

42. （清）陳夢雷編，《古今圖書集成》，臺北：鼎文書局，1977 年。

43. （清）陳元龍奉敕編，《御定歷代賦彙》，上海：上海古籍出版社，1987 年。

44. （清）清聖祖御製，《全唐詩》，臺北：粹文堂書局，1974 年。

45. （清）沈德潛選，《古詩源》，臺北：華正書局，1975 年。

46. （清）趙翼，《甌北詩話》，臺北：廣文書局，1971 年。

47. （清）劉熙載，《藝概》，臺北：廣文書局，1974 年。

48. （清）王先謙，《莊子集解》，臺北：臺灣商務印書館，1969 年。

49. （清）錢振鍠注，黃節補注，《鮑參軍詩注》，臺北：世界書局，1974 年。

二、近人論著（按出版年排）

1. 黃錫珪編，《李太白年譜》，北京：作家出版社，1958 年。

2. 葉嘉瑩，《嘉陵談詩》，臺北：三民書局，1970 年。

3. 郝立權注，《謝宣城詩注》，臺北：藝文印書館，1976 年。

4. 高步瀛，《唐宋詩舉要》，上海：上海古籍出版社，1978 年。

5. 瞿蛻園校注，《李白集校注》，臺北：洪氏出版社，1981 年。

6. 安旗、薛天緯，《李白年譜》，濟南：齊魯書社，1982 年。

7. 詹瑛編著，《李白詩文繫年》，北京：人民文學出版社，1984 年。

8. 邵博，《邵氏聞見後錄》，北京：中華書局，1985 年。

9. 夏敬觀等，《李太白研究》，臺北：里仁書局，1985 年。

10. 張彥遠，《歷代名畫記》，北京：中華書局，1985 年。

11. 阮廷瑜，《李白詩論》，臺北：國立編譯館，1986 年。

12. 安旗，《李白年譜》，臺北：文津出版社，1987 年。

13. 馬持盈註譯，王雲五主編，《詩經今註今譯》，臺北：臺灣商務印書館，1987 年。

14. 陳伯海，《唐詩學引論》，上海：知識出版社，1988 年。

15. 李白研究學會編，《李白研究論叢》（第二輯），四川：巴蜀書社出版，1990 年。

16. 閻國忠等編，《西方著名美學家評傳》，合肥：安徽教育出版社，1991 年。

17. 吳代芳、李培坤，《唐人絕句藝術談》，西安：陝西人民教育出版，1993 年。

18. 史仲文，《中國隋唐五代文學史》，北京：人民出版社發行，1994 年。

19. 張建,《王士禎論詩絕句三十二首箋證》,臺北:文史哲出版社,1994年。

20. 童慶炳,《中國古代心理詩學與美學》,臺北:萬卷樓圖書,1994年。

21. 陳伯海編,《唐詩彙評》,杭州:浙江教育出版社,1995年。

22. 錢棟祥、譚松壽編著,《中國歷史地圖集》,臺北:天衛文化圖書,1995年。

23. 詹瑛主編,《李白全集校注匯釋集評》,天津:百花文藝出版社,1996年。

24. 蔡宗陽、余崇生主編,《中國文學與美學》,臺北:五南圖書出版公司,2000年。

25. 蘇珊玉,《盛唐邊塞詩的審美特質》,臺北:文津出版社,2000年。

26. 王國維著,徐調孚校注,《校注人間詞話》,臺北:頂淵文化,2001年。

27. 李占榮、覃樹謙編,《中國地圖冊》,哈爾濱:哈爾濱地圖出版社,2001年。

28. 袁行霈,《陶淵明集箋注》,北京:中華書局,2003年。

29. 蔡謀芳,《修辭格教本》,臺北:臺灣學生書局,2003年。

30. 王運熙、顧易生主編,《中國文學批評通史》(卷3),上海:上海古籍出版社,2007年。

31. 葉嘉瑩,《葉嘉瑩說初盛唐詩》,北京:中華書局,2008年。

32. 李元洛,《詩美學》,臺北:東大圖書公司,2009年。

33. 蘇珊玉,《人間詞話之審美觀》,臺北:里仁書局,2009年。

三、期刊論文 (按出版年月排)

1. 阮廷瑜,〈酒是李白詩中的養料〉,收錄於《書目季刊》,第17卷第3期,1983年12月,頁24~33。

2. 阮廷瑜,〈李白詩析論〉,收錄於《書目季刊》,第20卷第3期,1986年12月,頁25~37。

3. 葉嘉瑩,〈論王國維詞:從我對王氏境界說的一點新理解談王詞之評賞(上)〉,收錄於《中外文學》,第18卷第3期,1989年8月,頁4~30。

4. 薛順雄,〈李白飲酒詩論析〉,收錄於《東海中文學報》,第11期,1994年12月,頁31~43。

5. 石巍,〈宣州古城〉,收錄於《尋根》,2002年第6期,2002年12

月，頁 79～86。

6. 傅美玲，〈李白對謝朓清麗詩風的追尋〉，收錄於《輔大中研所學刊》，第 13 期，2003 年 9 月，頁 147～167。

7. 朱國能，〈李白與佛教〉，《靜宜人文學報》第 16 卷第 1 期，2004 年。

8. 湯華泉，〈唐代詩人與宣城關係考〉，收錄於《安徽大學學報》（哲學社會科學版），第 32 卷第 7 期，2008 年 1 月，頁 53～57。

9. 李錫鎮，〈從互文現象論李白與謝朓的關係〉，收錄於《成大中文學報》，第二十期，2008 年 4 月，頁 137～170。

10. 謝碧娥，〈杜象的現成物選擇與審美的本質直觀（上）〉，收錄於《鵝湖月刊》，第三九五期，2008 年 5 月，頁 51～57。

11. 章小檳、周懷宇〈唐代宣州的崛起與進步〉，收錄於（大陸）《商業文化》（下半月），2011 年 8 期，2011 年 8 月，頁 134～136。

12. 張陽，〈唐代宣州經濟的發展〉，收錄於《長沙大學學報》，第 26 卷第 4 期，2012 年 7 月，頁 83～85。

13. 胡阿祥，〈先唐時代之宣城：江南奧壤，山水詩都〉，收錄於《安徽史學》，2016 年第 3 期，2016 年 5 月，頁 130～137。

四、論文集論文

1. 徐復觀，〈詩詞的創造過程及其表現效果──有關詩詞的隔與不隔及其他〉，收錄於《中國文學論集》，臺北：臺灣學生書局，1976 年 9 月，頁 118～139。

五、學位論文

1. 陳懷心，《李白飲酒詩研究》，高雄：中山大學中國文學系碩士論文，2003 年。

六、網路資料

1. 中央研究院──漢籍電子文獻資料庫
http://hanchi.ihp.sinica.edu.tw/ihpc/hanji？101：899946249：10：/raid/ihp_ebook/hanji/ttsweb.ini:::@SPAWN

2. 中國哲學書電子化計劃 http://ctext.org/zh

附錄一　李白遊宣州之年

版本 年號	詹瑛 《李白詩文繫年》	安旗 《李白年譜》	黃錫珪 《李太白年譜》	王琦 李太白年譜
天寶十二載（753）	頁9 又由梁園南下，秋至宣城。	頁106 秋，南下宣城。	頁62 秋初由梁苑往曹南，盤桓數日。遂南遊宣城之敬亭山……	頁1765
天寶十三載（754）	頁96 太白遊廣陵，與魏萬相遇。遂同舟入秦淮，上金陵，與萬相別，復往來宣城諸處。	遊南陵，遊秋浦，遊青陽，遊涇縣。	頁22 中秋後又遊宣州、南陵、青陽、秋浦等處，在秋浦度歲。	頁176 太白遊廣陵，與魏萬相遇。遂同舟入秦淮，上金陵，與萬相別，復往來宣城諸處。
天寶十四載（755）	頁103 白五十五歲，在宣城郡。	頁115 冬，返宣城。	頁24 暮春道出涇縣往宣城……孟冬又往宣城。	頁1767 太白在宣城。
至德元載（756）	頁106 春，白往來宣城當塗溧陽間，旋之剡中。	頁118 春 旋聞洛陽失陷，中原橫潰，乃自當塗城返宣城，將避地剡中。	頁28 仲春聞亂後，乃往宣城。	頁1767 太白自宣城之溧陽，又之剡中，遂入廬山。

上元二年（761）	頁 146 太白遊金陵，又往來宣城歷陽二郡。		頁 29 初冬由越中取道宜興，又往宣城，在宣城度歲。	頁 1774 太白遊金陵，又往來宣城、歷陽二郡間。
寶應元年（762）	頁 152 時李陽冰爲當塗令，太白往依之。	頁 142 暮春，最後一次出遊。三月到宣城。		頁 1775 時李陽冰爲當塗令，太白往依之，以疾卒，年六十二。

（李易臻制表）

附錄二　李白宣州詩繫年

★以下表格根據附錄一所提四本年譜記載而作。

年	年齡	遊程記事	詩　歌	版本對照	體裁
天寶十二載	53	秋，由梁園南下宣城。冬，至金陵。	自梁園至敬亭山見會公談陵陽山水兼期同遊因有此贈	《李白全集校注匯釋集評》頁 1779《李白集校注》頁 791	五言古詩
			贈崔司戶文昆季	《李白全集校注匯釋集評》頁 1545《李白集校注》頁 694	
			贈宣城宇文太守兼呈崔侍御	《李白全集校注匯釋集評》頁 1753《李白集校注》頁 776	
			登敬亭山南望懷古贈竇主簿	《李白全集校注匯釋集評》頁 1851《李白集校注》頁 809	
			九日登山	《李白全集校注匯釋集評》頁 2923《李白集校注》頁 1204	
			宣城九日聞崔四侍御與宇文太守遊敬亭，余時登響山，不同此賞，醉後寄崔侍御（其一）	《李白全集校注匯釋集評》頁 2059《李白集校注》頁 882	

			贈從弟宣州長史昭	《李白全集校注匯釋集評》頁 1779 《李白集校注》頁 787	
			送崔氏昆季之金陵（秋夜崔八丈水亭送別）	《李白全集校注匯釋集評》頁 2592 《李白集校注》頁 1085	
			遊敬亭寄崔侍御（登古城望府中寄崔侍御）	《李白全集校注匯釋集評》頁 2077 《李白集校注》頁 888	
			餞校書叔雲	《李白全集校注匯釋集評》頁 2524 《李白集校注》頁 1062	
天寶十二載	53	秋，由梁園南下宣城。冬，至金陵。	贈宣州靈源寺仲濬公	《李白全集校注匯釋集評》頁 1836 《李白集校注》頁 804	五言古詩
			別韋少府	《李白全集校注匯釋集評》頁 2235 《李白集校注》頁 946	
			宣州謝朓樓餞別校書叔雲（倍侍御叔華登樓歌）	《李白全集校注匯釋集評》頁 2566 《李白集校注》頁 1077 《唐詩彙評》頁 682	七言古詩
			登敬亭山北二小山余時客逢崔侍御並登此地	《李白全集校注匯釋集評》頁 3076 《李白集校注》頁 1257	五言律詩
			秋登宣城謝朓北樓	《李白全集校注匯釋集評》頁 3065 《李白集校注》頁 1254 《唐詩彙評》頁 699	
			送通禪師還南陵隱靜寺	《李白全集校注匯釋集評》頁 2485 《李白集校注》頁 1048	
			題宛溪館	《李白全集校注匯釋集評》頁 3604 《李白集校注》頁 1450	

			過崔八丈水亭	《李白全集校注匯釋集評》頁 3078 《李白集校注》頁 1258 《唐詩彙評》頁 701	
			謝公亭	《李白全集校注匯釋集評》頁 3219 《李白集校注》頁 1311 《唐詩彙評》頁 713	
			宣城九日聞崔四侍御與宇文太守遊敬亭，余時登響山，不同此賞，醉後寄崔侍御（其二）	《李白全集校注匯釋集評》頁 2064 《李白集校注》頁 883	五言排律
			寄崔侍御	《李白全集校注匯釋集評》頁 2067 《李白集校注》頁 884 《唐詩彙評》頁 663	七言律詩
			獨坐敬亭山	《李白全集校注匯釋集評》頁 3336 《李白集校注》頁 1354 《唐詩彙評》頁 718	五言絕句
天寶十三載	54	夏，遊廣陵，又返金陵。秋，遊宣州、南陵、青陽、秋浦等處。冬，於秋浦度歲。			
天寶十四載	55	夏，遊當塗。秋，入秋浦。冬，返宣城。	贈宣城趙太守悅	《李白全集校注匯釋集評》頁 1768 《李白集校注》頁 783	五言古詩
			送當塗趙少府赴長蘆	《李白全集校注匯釋集評》頁 2286 《李白集校注》頁 969	
			書懷贈南陵常贊府	《李白全集校注匯釋集評》頁 1784 《李白集校注》頁 818	

			於五松山贈南陵常贊府	《李白全集校注匯釋集評》頁1792 《李白集校注》頁789	
			當塗趙炎少府粉圖山水歌	《李白全集校注匯釋集評》頁1146 《李白集校注》頁543 《唐詩彙評》頁633	七言古詩
			寄當塗趙少府炎	《李白全集校注匯釋集評》頁1981 《李白集校注》頁857	五言律詩
至德元載	56	春，往來宣城、當塗、溧陽間，旋之剡中。歲末，入永王幕下。	經亂後將避地剡中留贈崔宣城	《李白全集校注匯釋集評》頁1859 《李白集校注》頁810 《唐詩彙評》頁652	五言古詩
			贈武十七諤	《李白全集校注匯釋集評》頁1610 《李白集校注》頁714	
			江上答崔宣城	《李白全集校注匯釋集評》頁2724 《李白集校注》頁1125	五言排律
上元二年	61	春，在金陵。夏，遊揚州，又至當塗。秋，返金陵。冬，往來宣城歷陽二郡。	宣城送劉副使入秦	《李白全集校注匯釋集評》頁2574 《李白集校注》頁1080	五言古詩
寶應元年	62	春，最後一次至宣城。夏，復遊涇縣、陵陽，後往金陵。秋、冬，卒於當塗。	臨終歌	《李白全集校注匯釋集評》頁1231 《李白集校注》頁582 《唐詩彙評》頁639	七言古詩
			宣城哭蔣徵君華	《李白全集校注匯釋集評》頁3760 《李白集校注》頁1508	五言律詩

| | | | 哭宣城善釀紀叟 | 《李白全集校注匯釋集評》頁 3758
《李白集校注》頁 1507
《唐詩彙評》頁 736 | 五言絕句 |
| | | | 宣城見杜鵑花 | 《李白全集校注匯釋集評》頁 3636
《李白集校注》頁 1462
《唐詩彙評》頁 731 | 七言絕句 |

（李易臻制表）

　　根據上述表格計李白宣州詩有古詩 22 首、律詩 11 首、絕句 3
首（五言古詩 19 首、七言古詩 3 首、五言律詩 8 首、五言排律 2 首、
七言律詩 1 首、五言絕句 2 首、七言絕句 1 首），共計 36 首。

附錄三　李白宣州詩內容分類

第一節　宣州景致，山水有情（共 11 首）	
一、由景生情興致好（5 首）	
描景之美	自梁園至敬亭山見會公談陵陽山水兼期同遊因有此贈
	題宛溪館
物我兩忘	過崔八丈水亭
思念之情	寄當塗趙少府炎
	宣城見杜鵑花
二、寄情於景味深長（6 首）	
處境艱難	寄崔侍御
	登敬亭山南望懷古贈竇主簿
閒適之心	獨坐敬亭山
	當塗趙炎少府粉圖山水歌
以景喻人	贈宣州靈源寺仲濬公
	送通禪師還南陵隱靜寺

（李易臻制表）

第二節　宣地名物，產酒之地（共 11 首）	
一、酒濾離情不造作（6 首）	
餞別好友	送崔氏昆季之金陵
	宣城送劉副使入秦
	餞校書叔雲
	送當塗趙少府赴長蘆
	別韋少府
悼念亡友	哭宣城善釀紀叟
二、酒以遣懷有逸氣（3 首）	
失意之悲	宣城九日聞崔四侍御與宇文太守遊敬亭余時登響山不同此賞醉後寄崔侍御（二首之一）
憂天下事	書懷贈南陵常贊府
避亂隱身	經亂後將避地剡中留贈崔宣城
三、酒以助興示豪放（2 首）	
重陽懷古	九日登山
登高遊覽	登敬亭山北二小山余時客逢崔侍御並登此地

（李易臻制表）

第三節　宣州交遊，良朋知己（共 11 首）	
一、胸懷壯志望提拔（5 首）	
稱頌崔侍御與宇文太守以得認同	宣城九日聞崔四侍御與宇文太守遊敬亭余時登響山不同此賞醉後寄崔侍御（二首之二）
詠李昭並抒懷	贈從弟宣州長史昭
望崔司戶能見其才而給予協助	贈崔司戶文昆季
展現自身高潔及向常贊府投靠之心	於五松山贈南陵常贊府
言二人舊情冀能受趙太守所眷顧	贈宣城趙太守悅

二、一生低首謝宣城（5首）	
登覽懷古	謝公亭
	秋登宣城謝朓北樓
望提拔引薦	贈宣城宇文太守兼呈崔侍御
相勉之情	遊敬亭寄崔侍御
述己不如意	宣州謝朓樓餞別校書叔雲
三、深切哀悼失好友（1首）	
哀傷感嘆	宣城哭蔣徵君華

（李易臻制表）

第四節　離亂酬贈，愁苦終生（共3首）	
安史之亂	贈武十七諤
	江上答崔宣城
自嘆之辭	臨終歌

（李易臻制表）